아름다운 시절

아름다운 시절

프로방스에서 보낸 100일

김태수 지음

황소자리

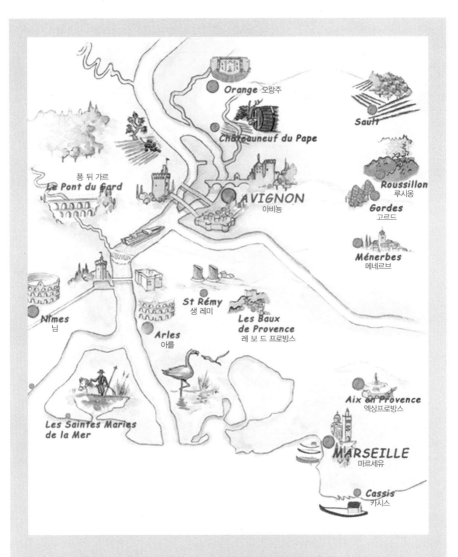

프로방스 지역의 주요 도시를 나타낸 그림 지도.

내 생애 가장 아름다운 순간을 위하여

창 밖 풍경은 그새 바뀌어 있었다. 구름이 서서히 걷히면서 바다와 육지에 자리를 내주었다. 저 아래 지중해에선 손톱만한 배가 하얀 일직선 꼬리를 늘어뜨리며 달려가고 있었다. 마침내 마을이 드러나고 비행기 동체가 왼쪽으로 확 기울었을 무렵, 내 안의 세포들이 한꺼번에 일어나기 시작했다. 기나긴 비행에 널브러져 있던 감정들까지 동시에 기지개를 켰다. 환희의 느낌만 일어났으면 좋았을 것이다. 아니나 다를까, 긴장과 걱정도 덩달아 깨어나 내 몸과 마음을 휘저어댔다.

이렇게 나는 프로방스에 닿았다.

현실이 나에게만 유독 불친절했다고 우길 마음은 애초부터 없었다. 설령 저 오래된 이발소 액자 속의 문구처럼 더러 '생활이 나를 속이고' 배반했을지라도 그리 쉽게 '슬퍼하거나 노여워하지' 않았다. 그건 전적으로 둔한 내 더듬이의 공이었다. 그렇게 나는 학교를 졸업하고, 직장인이 되고, 두 아이의 아비이자 한 여자의 지아비가 되었다.

그러나, 그럼에도 나는 떠나고 싶었다.

순간순간 내 안의 누군가가 도모하는 반란의 싹을 감지하기 시작한 건 불혹不惑 무렵부터였다. 참으로 해괴하고 몹쓸 병이었다. 말짱한 정신으로 출근해서 사람과 일과 전쟁을 치르는 내게 불쑥불쑥 누군가가 말을 걸어왔다. "헤이! 이봐, 끝끝내 이렇게 살다 갈 거야? 쫀쫀하게 사는 인생 억울하지도 않아?" 때론 키득키득 웃으며 때론 서글픈 어조로 나를 충동하던 그 목소리에 나는 조금씩 점령당하고 있었다.

마침내 나는 언제 끄적여놓았는지 기억조차 가물가물한 괴테의 글귀를 읊조리며 '내 생애 가장 청명한 순간'을 구체적으로 그려보기 시작했다. 파란 물감이 뚝뚝 떨어질 것 같은 하늘, 빛나는 태양, 풍성한 대지, 푸른 바다, 차고 넘치는 음식, 어여쁜 마을, 한적한 숲속 길, 고색창연한 유적, 여유로운 이웃들, 느리게! 마냥 느리게 흘러가는 시간……

그 순간을 만들 수 있는 곳은 오로지 한 곳뿐이었다. 풍광과 기후와 문화와 삶이 조화를 이루는 곳, 프랑스 남쪽 지방 프로방스였다. 10년 넘게 내 마음속에 품어왔던 지상의 낙원, 지구촌의 수많은 사람이 가장 살고 싶어하는 땅, 물질문명에 질린 서구인들이 갈망해온 현실의 유토피아. 어쩌면 그곳이 있었기에 '내 생애 가장 청명한 순간'이란 생각 자체가 생겨난 것인지도 몰랐다.

나는 조용하고도 야심차게 모반을 계획했다. 더 늦기 전에, 삶이 나를 배반했다는 걸 내가 깨닫기 전에, 한 번쯤 내가 먼저 축 처진 현실의 엉덩이를 걷어차보겠다는 심산이었다. 프로방스 관련 책자를 읽고, 그곳에 100일 간 머물면서 꼭 해야 할 일의 리스트를 만들기 시작했다. 자그마치 4년 여에 걸친 구상이었다.

그러나 20대 청춘의 배낭여행도 아니고, '내 생애 가장 청명하고 아름다운 시절을 만들자'는 다짐은 40대 중반을 넘어선 한 집안의 가장이 감당하기에는 무모하고 위험한 것이었다. 그것이 몰고올 후폭풍을 이겨낼 능력, 배짱, 통장 잔고, 미래를 나는 충분히 준비하지 못했다.

사표를 내고 비행기 표까지 예약했지만 내 안의 불안은 끝까지 내 뒤통수를 붙들고 늘어졌다.

"지금 네가 하고 있는 거! 그 치기가 바로 사회인으로서의 자살 행위라는 거 몰라? 능력이라도 있으면 내가 말을 안 해. 게다가 '아름다운 시절'이라고? 웃기셔!"

그 경고에 나는 무참해졌다. 파리 행 비행기에 오르는 순간까지 나는 흔들렸다. 쩨쩨하게도 공항 출국장에서 확인한 높은 환율이 내 호주머니를 위협하는 현실에 기가 꺾였다. 이역만리 타지에서 혼자 먹고 자고 다닐 것을 생각하니 근심이 팥죽 끓듯 했다. 배웅 나온 아내에게 따뜻한 말 한 마디 건네지 못했다.

그렇게 나는 떠났다. 내 마음속의 낙원 프로방스를 향해.

| 차례 |

프롤로그 | 내 생애 가장 아름다운 순간을 위하여   5

1장 슬픈 목소리로 노래하지 마라

내가 프로방스로 간 까닭은?   12

에구! 에구! 에귀가 어디야?   25

금발 여인이 빌려준 작은 별장 '르 카바농'   34

골목길 접어들 때에…   45

성당은 숨 쉰다, 고로 존재한다   55

2장 인생은 진실하고 아름다운 것

프로방스 시장은 동네 사랑방   68

아름다움 그거 얼마예요?   80

프랑스가 '요리의 나라' 라구요?   90

가슴을 주세요, 가슴을!　　　　　　　99

고추장과 이미자 음반으로 꾸린 배낭　　107

내 마음은 와인에 젖고　　　　　　　117

프로젝트 넘버 원 '뭉개기'　　　　　132

카페에 앉아 생을 찬미하노라　　　　142

색과 빛에 무릎 꿇을 지어다　　　　　151

3장　햇빛 쏟아지던 날

생물학 모르면 프랑스는 지옥　　　　166

추월하라! 구원을 얻으리로다　　　　176

죄송하지만, 일방통행인데요!　　　　186

생트 빅투아르는 승리하는 산　　　　196

노는 게 남는 거야　　　　　　　　208

지중해에 한번 빠져보시겠습니까　　219

Just Do It! OK?　　　　　　　227

4장 예술은 길고 시간은 덧없어

노오엘~ 노오엘~ 노오엘~ 노오엘~   236

메멘토 모리! 죽음을 기억하라   248

중세 성에서 괴물과 함께 춤을   263

왔노라! 보았노라! 졌노라!   282

아파트를 팔아 프로방스로?   296

에필로그 | 앙코르 프로방스   306

1장
슬픈 목소리로 노래하지 마라

골목 사이로 비쳐드는 햇볕을 받으면서
남의 집 문간에 가만히 앉아 멍하니 하늘을 올려다 봤다.
한없이 자유로웠다.
이런 느낌이 그리워 길을 떠나왔는지도 모른다.
아무도 알아봐주지 않는,
아무도 말 걸어주지 않는 공간에서
구름처럼 떠돌고 싶어서.
아, 그날의 루시옹 골목길을 다시 걸을 수만 있다면.

내가 프로방스로 간 까닭은?

"나는 프로방스로 간다."

10년 전부터 이렇게 말하고 돌아다녔다. 때로는 농담처럼. 이때 프로방스는 프랑스 남부의 구체적인 지명이 아니라 하나의 상징이었다. 가고 싶은 곳, 살고 싶은 곳. 내 마음속의 낙원이었다.

내가 프로방스와 처음 만난 건 1996년 《프로방스에서의 일년》이란 책 속에서다(엄밀하게 말하면 영화 〈마농의 샘〉이 먼저지만 그땐 영화 배경이 프로방스인지도 몰랐다). 저자는 영국 명문가에서 태어나 광고대행사를 운영하다 전업 작가로 나선 피터 메일이다.

그는 올해 일흔 살인데 책의 무대인 메네르브란 마을을 떠나 지금은 루마랭이란 곳에 살고 있다는 사실을 그곳 관광안내소에서 확인했다. 메네르브는 언덕바지에 있는 데다 변변한 병원도 없는 쓸쓸한 마을이어서 노인네가 살기에는 좀 불편한 곳이다. 반면 루마랭은 메네르브보다는 평탄하고 도회지와도 상대적으로 가깝다. 그가 자신을 찾아오는 관광객들을 피해 은둔하기에 맞춤한 곳이 아니었을까 하고 나 혼자 추측할 뿐이다.

피터 메일은 책에서 프로방스 시골 마을에 집 한 채를 구해 전원생활을 하면서 겪은 이야기를 즐겁게 쏟아놓았다. 하지만 책 내용은 그리 즐겁지 않았다. 그는 프로방스의 풍광을 묘사해줄 생각은 않고 다소 덜 떨어진 듯한 시골 사람들과 시시하고도 사소한 일들을 도모하면서 재미있어 죽겠다는 식으로 수다를 떨었을 뿐이다.

나는 그런 그에게서 '인생은 한 순간도 즐겁지 않으면 안 된다'는 강박의 냄새를 맡았다. 하찮은 일에 의미를 부여하며 생을 희롱하려는 그의 태도가 마뜩찮았다. 그때는 그랬다. 인생이 뭔지, 인생은 어떠해야 하는지도 모른 채 그저 진지하기만 한 인간이 바로 나였다. 팽팽하게 조여진 기타줄처럼 저 혼자 긴장해서는 삶의 정체를 파헤치려 들었다.

삶을 대하는 태도도 마음에 들지 않았지만 그의 글에선 새로울 게 별로 없었다. 그가 그렇게 동경해 마지않은 전원생활을 나는 28세까지 한편으로는 직접 하면서, 한편으로는 관찰하면서 살았다. 나 같은 촌놈에게, 도회 사람이 허연 종아리를 해가지고는 고작 일년 경험한 시골생활이 얼마나 재미있는지 아느냐고 설득한들 씨가 먹힐 리 없다.

그런데 왜 그랬을까? 나는 늘 이 책을 책장 한복판에 끼워넣었다. 좁아터진 집구석에서 몇 차례나 책들이 우수수 쫓겨났지만 그 책만은 열외였다. 화가 미칠까 두려워 함부로 손 대지 못하는 영물처럼…….

프랑스 남부 코트다쥐르(푸른 해안이란 뜻)의 중심도시 니스. 코발트빛 지중해, 바닷물에 쓸려다니는 자갈, 길게
늘어선 야자수가 일품이다. 해변을 따라 3.5킬로미터나 이어지는 '프롬나드 데 장글레(영국인의 산책로)'는 니스
의 명물. 일년 365일 언제나 조깅하는 사람들, 자전거나 롤러 블레이드를 타는 사람들을 볼 수 있다.

프로방스는 1997, 1998년 프랑스 영화 〈마르셀의 여름〉과 〈마르셀의 추억〉이 잇따라 개봉되면서 내게 더 가까이 다가왔다. 영화는 프로방스에 대한 궁금함과 막연한 그리움을 다소나마 해소해주었지만 그걸론 성에 차지 않았다. 그러다, 우연히 기회가 찾아왔다. 1998년 영화제로 유명한 프랑스 남부 도시 칸Cannes으로 'TV방송박람회'를 취재하러 가게 된 것이다.

그때는 거기가 프로방스에 속한다는 사실도 몰랐다. 하루살이처럼 살던 시절이라 출장 기간 동안 신문에 실어야 할 기사를 미리 마감하느라 목적지에 관한 예습은 전혀 이뤄지지 않았다. 나는 출발 당일 새벽까지 기사를 붙들고 버벅대다 간신히 비행기에 올랐다. 친구 따라 강남 가는 꼴이었다.

국민들의 알 권리를 충족시켜주는 데 별 도움이 되지 않는 테마를 취재하고 나자, 동행한 기자들이 그동안 대단히 노동 착취라도 당한 것처럼 반란을 도모했다. 평소에는 서로 물먹이지 못해 안달났던 자들이 갑자기 의형제라도 된 것 같았다. "언제 다시 여길 오겠냐. 칸, 니스, 모나코 겉핥기라도 하자."

정의롭게도 나는 "이래서는 안 된다. 독자와 국민을 생각해야 하는 거 아니냐. 여기 누구 돈으로 왔냐?"며 반대하는 대신 그들의 반란에 100퍼센트 찬성한다는 눈짓을 보냈다. 어차피 총 맞은 것처럼 버스 뒷좌석에서 뻗어 있을 작정이었다.

그러나 버스가 지중해변을 달리기 시작하자 나는 스테로이드 주사라도 맞은 운동선수처럼 원기가 왕성해졌다. 하얀 요트가 즐비한 해변, 예쁜 인테리어 카페, 야자수가 큰 키를 뽐내는 도로, 명품 가게가 줄줄이 늘어선 상가, 고풍스러운 석조 건물, 바다 쪽으로 베란다를 낸 콘도형 집, 깎아지른 절벽 위 별장, 세월의 흔적이 쌓여 있는 유적, 교과서에서나 볼 수 있던 그림을 전시하는 미술관, 세련된 옷차림의 사람들. 그 많은 것들을 짧은 시간에 다 보느라 눈에서 땀이 날 지경이었다. 천년을 산다 해도 그 풍경을 처음 본 순간 받았던 강렬한 감동은 결코 잊을 수 없을 것이었다. 과연 세계에서 가장 살고 싶은 곳이라는 평가를 들어 마땅한 동네였다. 니스에서 모나코로 가는 도중, 잠깐 내린 언덕 길가에서 흥분을 억누르지 못한 채 나는 마음속으로 이렇게 말했다. "두고 보자."

두고 볼 일은 1999년과 2000년에도 이어졌다. 방송 담당에서 영화 담당으로 보직이 바뀌면서 연거푸 2년 동안 칸 영화제를 취재하러 갔다. "참 복도 많은 놈이네." 하실 분 계실 테지만 일단 내막을 들어보시라.

사실 외국 영화제를 취재하러 가면 여러 모로 즐겁고 보람찬 일이 많다. 하루 일정을 중심으로 그걸 소개하면 이렇다. 도착한 이튿날 새벽부터 훈련병처럼 벌떡 일어나야 하는 게 영화제 취재 기자들의 업무 수칙이다. 아침 일찍 기자를 대상으로 공식 초청 영화가 상영되기 때문이다. 그걸 보러 가려면 잠을 줄이는 훈련을 할 수 있으니 좋다. 전날 밤 늦게까지 와인을 마셔도 마찬가지다. 이렇게 일어나면 입맛이 절로 떨어지는데 아침식사도 빵 쪼가리에 우유를 먹는 둥 마는 둥 하니 다이어트에 그만이다.

그 럭셔리한 영화관에서 기자들은 영화만 보는 게 아니라 공짜로 외국어 공부할 기회도 얻는다. 영어 자막을 단순히 독해만 해서는 기자라고 할 수 없으니 영화 내용까지 분석해야 한다. 그야말로 심화학습이 되는 거다. 영미권 영화를 볼 때는 당연히 영어 자막이 없다. 자연스레 듣기 수업으로 넘어간다. 나 같이 언어에 자질이 좀 모자라는 기자는 영화를 보고 나도 내용을 파악하지 못해 혼자 추리를 해야 하니 연상능력도 키울 수 있다. 영어가 지겹다 싶으면 얼마든지 프랑스어 듣기와 독해를 공부할 수 있다. 영화제가 열리는 칸은 프랑스 땅이니까.

영화 상영이 끝나면 감독과 배우가 나타나 국제적인 기자회견을 한다. 세계 각국에서 온 기자들이 듣도 보도 못한 외국어로 영화 내용과 연기에 대해서 즉흥 토론을 한다. 글로벌 감각을 키우는 데 이보다 좋은 공간은 없다.

영화제 취재 기자의 즐거움 중 하나는 공식 초청된 우리나라 작품의 감독 및 배우와 숨바꼭질 놀이도 할 수 있다는 것이다. 그들은 영화제 주최측과 영화사로부터 칙사 대접을 받으면서 여기저기 초대되는 데다, 인근 도시를 유람하러 다니느라 바쁘다. 기자들에게 일일이 그걸 보고할 의무는 없으니까 '나 잡아봐라.' 하면서 종적을 감춘다. 내가 모르는 그들의 행적이 어쩌다 다른 신문에 보도되면 부장은 "그 먼 나라에서 얼마나 고생이 많냐."며 따뜻한 말로 위로해준다. "너 거기 유람하러 간 거 맞지? 끝까지 네 맘껏 양껏 놀다 와라. 자리 걱정은 하지 말고!"

근사한 레스토랑에서 국내 영화 관계자와 마주앉아 프랑스 요리와 와인을 시켜놓고 만찬을 즐길 수도 있다. 그럴 때 상을 받을 가능성이나 수출 계약 실적을 들을 수 있지 않을까 귀를 쫑긋 세우는 아마추어 같은 짓은 하면 안 된다. 그런 티를 내지 않으려고 노력하다 보면 국민배우 안성

'프랑스의 작고 아름다운 마을'로 지정된 고르드(위)와 무스티에 생 마리(아래).

기 못지 않은 연기력을 키울 수 있다. 영화제 취재의 유익한 점은 정말 밤 새워 이야기할 수 있지만 갈 길이 머니……

문제는 영화제를 취재하면서 프로방스에 대한 갈증이 오히려 더 커졌 다는 점이다. 코앞에 있는(200킬로미터 정도 떨어진) 엑상프로방스^{Aix-en-Provence}며, 거기서 70~80킬로미터 떨어진 아를^{Arles}이나 아비뇽^{Avignon}에 가지 못 하는 것은 괴로운 일이었다. 갓 입영한 이등병이 비상에 걸려 면 회 온 미니스커트 애인을 만나지 못하는 것만큼.

프로방스의 잔영이 얼마나 깊었던 걸까? 세상 사는 게 힘들다 싶을 때 면 내 마음은 언제나 그곳으로 달아났고, 시간이 갈수록 집착도 커졌다. 프로방스는 어느새, 언젠가는 반드시 가야 할 마음속 낙원이 되어 있었다.

프로방스를 낙원으로 삼은 데는 그럴 만한 근거가 있었다.

첫째는 날씨였다. 낙원이라면 모름지기 어둡고 춥고 질척거리면 안 된 다는 게 내 생각이다. 유럽에는 그런 곳이 많아서 하는 말이다. 하지만 프 로방스에선 300일 가까이 햇빛을 볼 수 있다. 수많은 화가들이 이곳에 둥 지를 튼 것도 그 때문이다. 덥고 건조한 여름, 온화한 겨울, 적은 눈, 풍부 한 햇볕. 놀러다니기에 이보다 더 좋은 조건이 어디 있겠는가?

자연환경도 다채롭다. 산, 들, 강, 계곡, 바다 심지어 늪지대까지 있다. 타이밍만 잘 맞추면 해수욕하다 말고 스키를 탈 수 있는 곳이 프로방스 다. 자연환경이 이 정도면 부수적으로 따라오는 게 있다. 먹을거리다. 나 란 인간은 쌀만 먹고 사는 탄수화물 저장고가 아니어서 먹을거리가 다양 하고 풍족한 프로방스가 마음에 들지 않을 수 없다. 이곳 사람들은 마늘도 많이 먹는다니 그것조차 괜히 반가웠다.

유럽인들이 이런 천혜의 자연조건을 멀리서 감상만 하는 사람들이었다면 21세기까지도 잘나가는 강자로 살아남지 못했을 것이다. 당연한 애기지만, 유럽인들은 너도나도 프로방스를 탐냈다. 멀리는 BC 6세기경 고대 그리스인들이 이곳에 손을 뻗쳤다. 그 뒤를 이어 BC 2세기쯤 고대 로마가 아예 '프로빈키아'란 이름으로 속주屬州를 삼아 지배했다. 프로방스라는 명칭은 여기서 유래한다. 이 고장 사람들이 프랑스의 수도 파리를 늦둥이 취급하는 것도 그런 이유에서다.

프로방스엔 널린 게 중세 유적이다. 그것들을 티 나지 않게 잘 복원해 놓아서 볼거리도 많다. 먹고살기 바쁜 우리와 달리 조상들이 자기네 땅에서 무슨 짓을 하며 살았는지 궁금해하기 때문에 가능한 일이다. 칸 영화제, 아비뇽 연극제, 니스 카니발, 주앙 레 팡 재즈페스티벌 등 세계적인 축제가 이 지역에서 벌어지는 것도 다 이런 전통 덕분이다.

이 모든 것들이 북적거리는 대도시에서 이뤄진다면 난 프로방스를 진즉 포기했을 것이다. 사람에 치여서 지친 자에게 그런 곳은 낙원이 될 수 없다. 다행히 프로방스에는 작고 아름답고 개성 있는 마을들이 저마다 빛을 내고 있었다. 세계에서 가장 살고 싶은 곳이라는 평가가 괜히 나온 게 아니다.

이제 기나긴 갈망과 집착을 해소하기 위해 프로방스로 출발하면서 나는 누구에게라고 할 것도 없이 중얼거렸다. "어디 두고 보자."

프로방스는 어디?

프로방스의 공식적인 정체를 알고 싶은 분을 위해 여기서 간단히 소개한다. 프랑스의 행정구역은 주 단위의 22개 레지옹 Regions 으로 구성돼 있는데 프로방스는 그중 하나인 '프로방스-알프-코트다쥐르' 레지옹에 속해 있다. 이 레지옹 안에는 부슈뒤론 · 바르 · 보클뤼즈 · 알프드오트프로방스 · 알프마리팀 · 오트잘프 등 6개의 데파르트망 Departments 이 있다.

프로방스는 생각보다 산이 많은 곳이다. 동부 이탈리아 국경에는 해안 쪽의 알프스가 솟아 있고, 지중해 연안에는 모르 · 에스테렐 등 오래된 산맥이 있으며, 내륙에는 방투산 · 생트 빅투아르산과 같은 석회암 산이 있다.

산속에서는 양을 사육하고 분지에서는 곡물 · 포도를 재배한다. 뒤랑스 강과 벨돈 강을 이용하여 관개가 행해지고 해안지방 코트 다쥐르 · 리비에라 은 관광지로 발달하였으며, 마르세유 주변에는 대공업지대가 형성되어 있다.

엄밀하게 말하면 프로방스는 특정 행정구역을 지칭하는 용어가 아니다. 우리로 치면 '남도지방' 정도 된다. 남도지방이라고 하면 전라남북도와 경상남북도를 일컫는데 프로방스도 이런 관점에서 보면 위에서 말한 6개의 공식적인 데파르트망을 다 아우르지는 않는다.

에구! 에구! 에귀가 어디야?

프로방스에 가기로 마음먹었을 때 내가 머물고 싶던 곳은 바닷가 한적한 마을이었다. 잔잔한 파도 소리에 잠에서 깨어 창을 열면 코발트빛 지중해가 보이는 곳, 간밤에 마신 와인 냄새를 풀풀 풍기면서 슬리퍼를 끼운 채 게으른 팔자걸음으로 해변 카페에 가서 커피 마실 수 있는 곳이면 더 좋을 터였다. 그런 곳에선 깊은 밤 서늘한 바닷바람에 밀걸레같이 뒤엉킨 머리카락을 해서는 가로등빛이 너울대는 수면을 내려다보며 산책할 수도 있을 테니까.

내가 바닷가 마을을 동경했던 이유는 프로방스를 향한 내 꿈이 처음 생겨난 곳이 지중해 휴양 도시 칸이기 때문이다. 하지만 프랑스 남부의 그 많은 바닷가 마을, 그보다 수천 배는 더 많은 집 어느 곳에서도 나를 불러주지 않았다. 그것은 순전히 내 탓이다. 내 소망이 아무리 강렬하다고 해도 입 밖으로 꺼내지 않는 한 그것을 저절로 알아차릴 사람은 없을 터였다.

영화 '007시리즈'의 제임스 본드처럼 글로벌한 사람이라면야 그런 뜻을 일일이 밝힐 필요도 없다. 새벽 2시쯤 하수구에서 수영하다 불쑥 나타나도 반라의 스윗하트가 "샤워하고 올 테니까 와인 한 잔 하면서 기다려." 하고 들러붙겠지만 나는 그다지 글로벌하지도, 세계 각국의 여자를 후릴 비장의 무기를 갖고 있지도 않다. 무엇보다 그 자처럼 그렇게 정조 관념이 없지도 않다.

당초 생각과 달리 내가 프로방스에서 둥지를 튼 곳은 바닷물을 전혀 볼 수 없는, 산과 구릉과 벌판이 조화를 이룬 마을이다. 여행을 준비하던 중 엑상프로방스 한인 회장님과 인연이 닿아 금발의 미녀가 혼자 사는 대저택을 소개받은 것이다. 그녀에 관한 얘기는 다음 장에서 하기로 하고 여기서는 그 저택이 있는 마을 '에귀'를 소개할까 한다.

기원전 3세기에 세워진 에귀는, 인상파 화가 폴 세잔의 고향 엑상프로방스에서 남서쪽으로 약 12킬로미터 떨어져 있다. 분위기는 영 다르지만 우리나라 면 소재지 정도라고 생각하면 된다. 다운타운은 어느 프로방스 마을처럼 언덕배기에 올라앉아 있다. 높은 곳은 해발 315미터나 된다. 그래서 시청과 교회가 한데 붙어 있는 마을 중심지에 서면 발아래로는 골목길이 가파른 한가한 동네가 보이고 멀리로는 넓디넓은 프로방스의 포도밭과 올리브밭이 한눈에 들어온다. 넓은 정원을 갖춰둔 저택도 많아 부자 동네로 알려진 곳이다.

에귀는 18세기 산업혁명 이전까지만 해도 서쪽에 있는 도시 아를에서 이동해온 양 떼들이 지나가는 곳이었다. 양모 산업이 발달한, 나름대로 잘나가는 도시였다. 지금은 고속도로, 국도, 지방도로와 TGV 철도가 한 꺼번에 다 지나가니 나처럼 프로방스를 싸돌아다닐 사람에게는 최적지다. 금상첨화로 내가 그렇게 동경했던 바닷가 마을도 20~30분만 달려가면 닿을 수 있다.

인구는 약 6,000여 명이다. 직업은 농부, 수공업자, 상인 순으로 많은데 엑상프로방스나 마르세유로 출퇴근하는 사람이 대부분이다. 에귀에서 내가 주로 돌아다닌 곳은 다운타운인데 거기서 본 사람이 30명 정도나 될까 싶다. 짐 캐리가 출연한 영화 〈트루먼 쇼〉의 극중극 마을에 매번 똑같은 주민들이 등장하는 것과 비슷한 상황이다. 에귀에 진득하니 있었던 게 아니라 자주 출타를 했고 사교 범위가 좁은 탓도 있었겠지만 사람 구경하기가 어려운 동네였다. 중심지가 이 정도니 그 주변 마을은 말할 것도 없다.

중심지를 헤집고 다니는 도로의 길이를 다 합쳐봤자 2킬로미터 남짓할 듯한 이 작은 다운타운에서 나는 단골 가게 몇 개를 만들었다. 가장 자주 드나든 곳은 '알랭 에 자키 기샤르Alian et Jackie Guichard'란 빵집이다. 에귀의 다운타운에는 빵집이 세 군데 있는데 처음부터 이 집을 단골로 삼은 건 아니다. 에귀에 도착한 이튿날 처음 눈에 띈 빵집 앞에서 나는 유리문 너머로 동태를 살폈다. 그래봐야 손님이 많은지, 빵 종류는 다양한지, 주인이 어떻게 생겼는지 둘러보는 차원이었다. 다행히 그 가게 아가씨(라고 믿고 싶다)의 미소가 참 상큼해 보였다. 난 빵집 여인의 생김새와 빵 맛 사이에는 아무런 상관관계도 없다는 것을 알 만큼 유식한 사람이지만 아

에퀴 모습. 가운데 큰 건물이 시청사이다.

리따운 그녀의 미소에 끌려 그 집을 드나들었다.

그녀와의 만남은 오래 가지 않았다. 에귀에서 사귄 그곳 토박이 변호사 올리비에의 강력한 추천으로 빵집을 바꿔야 했다. 미소가 예쁜 그 아가씨는 전혀 느끼지 못했겠지만 나는 그것을 배신이라며 자책했다. 자기 혐오를 무릅쓰고라도 굳이 변호를 하자면 난 '빵의 나라'에 온 만큼 맛있는 빵을 먹고 싶었을 뿐이고~, 새로 선택한 '알랭 에 자키 기샤르'는 프로방스의 일급 재료를 쓰는 유명한 빵집일 뿐이고~, 가게 주인인 과부 자매는 내게 너무 친절할 뿐이고~.

사흘에 두 번 꼴로 과부 자매가 운영하는 빵집에 갔다. 주목적은 한 개에 0.8유로밖에 안 하는 바게트 두 개를 사는 것이었다. 사내대장부가 동전 짤랑거리며 작은 거래를 하는 게 창피하고 미안해서, 한 조각에 2유로 안팎인 가토_{케이크를 뜻하는 프랑스어}를 두 개씩 더 사곤 했다.

가토는 달콤한 것을 좋아하는 내가 참을 수 있을 만큼만 달았다. 머잖아 20종에 달하는 그 집 가토를 다 섭렵했다. 목적지가 먼 곳일 때는 출발 전에 피자와 샌드위치를 사서 도시락을 채웠다. 샌드위치가 왜 신선해야 하는지를 그 집 빵으로 배웠다. 한국에서 먹었던 어설픈 샌드위치와는 비교할 수 없는 맛이었다.

에귀를 떠나오기 이틀 전 작별인사를 하면서 빵집 안팎을 카메라에 담았다. 여행자의 가난한 식탁을 채워주었던 빵집을 떠나는 게 못내 아쉬워 오래도록 서성거렸지만, 과부 자매는 가는 길에 먹으라며 가토와 샌드위치와 바게트를 한 다발 싸주지는 않았다.

빵집 다음으로 내가 자주 간 곳은 그 동네에 유일한 카지노였다. 아 참,

프로방스에서 단골로 드나들던 빵집. 샌드위치와 케이크 맛이 일품이고 과부 자매의 친절 또한 최상품이다.

여기서 말하는 카지노는 슈퍼마켓 체인점 이름이니 오해하지 마시기 바란다. 동네 규모에 걸맞게 그 가게는 자그마했다. 거기서 자질구레한 일상용품 즉 세면용품, 세탁용품, 조미료, 스파게티 소스, 과자를 구했다.

얼굴이 늘 연어회처럼 벌갰던 주인 아주머니는 동네의 오프라 윈프리였다. 손님들이 장바구니에 담아오는 집안의 골칫거리를 상담해주느라 계산대 앞은 늘 복잡했다. 평소 고민거리가 많은 사람이라서 나도 그녀와 진지하게 의논하고 싶었다. 프로방스 여자를 꼬시는 구체적인 방법과 외화 절약 차원에서 꼬신 여자에게 밥까지 얻어먹는 요령에 관해. 하지만 나는 프랑스 말을, 그녀는 영어를 하지 못했다.

에귀의 다운타운에는 시청, 경찰서 같은 관공서를 비롯해 현대인에게 필요한 물건을 취급하는 점포가 웬만큼은 있었다. 약국, 가축병원, 주유소, 정비소, 세탁소, 치즈가게, 야채가게, 와인가게, 스낵바 등. 이런 가게들과 다 거래를 트지는 못했다. 다만 눈화장이 짙고 코에 피어싱을 한 야채가게 아가씨 그리고 축구가 보고 싶을 때면 찾아가던 스낵바의 청년과는 눈인사 정도를 나누는 사이가 되었다.

사람이 너무도 적은 이 마을에서 나는 세상에서 가장 질투하고 싶은 사람들을 만났다. 바로 경찰관과 관광안내소 직원이다. 평소 나는 프랑스 정복 경찰관들을 존경해왔다. 그들은 먹이를 찾는 사자처럼 거리를 어슬렁거리며 주차위반 딱지나 떼러 다니고 하교 시간이면 학교 앞에서 차량 통제를 하면서 수다를 떠는, 세상에서 둘도 없이 숭고한 일을 한다. 그런데 이 동네에선 불법주차를 할 차도, 차량을 통제하면서 보호할 사람도 별로 지나다니지 않는다. 이 정도면 신이 내린 직장 아니 신이라도 질투할 직업이 아닌가.

에귀 같은 마을에 나 같은 관광객이 굴러 들어와 뭔가 정보를 물을 확률은 극히 낮다. 그런데도 관광안내소에는 두 명의 직원이 상근한다. 그중 한 여성은 프랑스어 영어 스페인어 독일어 정도는 거뜬히 하는 다른 동네의 관광안내원과 사뭇 달랐다. 영어도 못하는 주제에 나 보고는 프랑스어도 못하냐면서 귀엽게 째려보았다. 내가 에귀를 소개하려면 영어 자료가 필요하다고 해도 프랑스어 책자만 내놓을 뿐이었다. 나는 비열하게 내 잘못을 남에게 뒤집어씌우는 편은 아니지만 이 장의 내용이 부실한 데는 일정 부분 그녀에게도 책임이 있다고 말하고 싶다. 뭔가를 안내

프로방스에서 내가 머문 마을 에퀴. 엑상프로방스에서 남서쪽으로 12킬로미터 떨어져 있다. 대저택이 곳곳에 흩어져 있는 부자 마을이다.

하는 본연의 업무를 까먹었는지 그녀는 심심한데 잘 걸렸다는 듯 거꾸로 질문 공세를 퍼부었다. 어느 나라에서 왔냐, 여기까지 무슨 일이냐, 프로방스 어디를 가봤냐, 내가 가볼 만한 다른 데를 소개해줘도 되냐 등등 그녀의 질문에 대답하느라 한동안 진땀을 뺐다.

그녀를 만나면서 프랑스란 나라가 갑자기 부러워지기 시작했다. 관광안내원이 관광객에게 안내를 하지 않아도 괜찮은 나라라면 부러워할 만하지 않은가. "기자도 기사만 안 쓰면 할 만한 직업이야."라던 선배의 말이 딱 들어맞는 상황을 보게 된 것이다.

재미있게도, 에퀴의 파출소와 관광안내소는 함께 붙어 있다. 할 일 없

마을 스포츠 센터에서 자전거 묘기를 연습하는 소년. 다른 프로방스 지역도 마찬가지지만 에귀에는 갖가지 스포츠 활동을 할 만한 시설이 잘 갖춰져 있다.

고, 할 일 안 해도 되는 직업을 가진 두 가지 직종이 한 건물에 있는 셈이다. 그러니 자료를 달라며 칭얼대는 내게 옆 사무실에서 놀러온 경찰관이 이것저것을 대답해대고 그것을 지켜보던 관광안내원은 수다를 떠느라 전화통을 핥아대는 풍경이 가능했다.

그나저나 이 글 때문에 두 사람에게 무슨 일이 일어나지는 않았으면 한다. 부주의한 펜 놀림으로 그들이 누리는 직업의 자유가 박탈되면 곤란하니 말이다. 그들이 그렇게 산다고 프랑스 국력이 급격히 쇠락할 리도 없고 특별히 불편할 사람도 많지 않으니 인사권자는 제발 그냥 눈감아주시기 바란다.

금발 여인이 빌려준 작은 별장 '르 카바농'

'르 르퓌쥬. Le Refuge'

프로방스에서 머문 집의 이름이다. 에귀의 다운타운과 이어지는 지방 도로를 벗어난 뒤 비포장도로를 2킬로미터 달려 그 집에 처음 도착했을 때 눈길을 끈 것은 A3 크기 판자에 검정 매직펜으로 써놓은 그 단어였다.

내가 제대로 아는 프랑스 단어는 고작해야 'sortie 출구' 'toilette 화장실' 등 열 개 남짓이다. 하지만 내가 누군가? 모국어보다 영어가 더 대접받는 대~한민국의 어엿한 국민 아닌가? 'Refuge'란 글자를 보는 순간 단어 몇 개가 파바박 떠올랐다. 피난, 망명, 은신처, 안전지대.

그 순간 나는 무엇을 피해 이곳에 온 것일까 생각했다. 사람? 일? 가정? 나? 대한민국? 첫날부터 심란한 질문에 시달릴 이유가 없어 '기왕이면 망명이라고 하지 뭐. 왠지 폼 나잖아.' 혼잣말을 하며 기꺼이 내게 망명자란 호칭을 부여했다. 조국의 영광과 인류 평화를 위해 싸우다 망명한 분들이시여! 부디 노여워하지 마시기를.

'르퓌쥬'는 내 평생에 이런 곳에서 다시 또 살아볼 수 있을까 싶을 만큼 매력적인 곳이다. 어쩌다 이곳에서 나와 말을 섞게 된 프랑스인들은 하나같이 "너, 정말 재수 좋은 놈이란 걸 알아야 한다."며 질투를 보냈다.

그러나 처음 이 집을 찾아갈 때는 솔직히 심란했다. 비포장길을 달려 숲으로 들어가야 하는 프랑스판 시골 암자 같은 곳이었으니, 그럴 법도 했다. 헨리 데이빗 소로처럼 전원생활의 철학적 아름다움과 문명사적 효용성을 담은 《월든 Walden, or Life in the Woods》 같은 책을 쓰려고 여기 온 게 아닌데.

심란함은 곧 흐뭇함으로 바뀌었다. 그 집은 전망 좋고 조용하고 널찍했다. 세계문화유산에 등재된 곳은 아니지만 여러분과 '함께한다'는 차원에서 'my sweet Refuge'를 소개한다.

우선 이 집은 언덕배기에 있어서 전망이 아주 그냥 죽여준다. 가깝게는 적갈색의 프로방스 농가가 군데군데 점점이 흩어져 있는데 그곳에서 군불을 땔 때면 뭉게구름 같은 연기가 날아와 구수한 시골동네 냄새를 풍긴다. 멀리로는 프로방스 평야가 퀼트처럼 펼쳐져 있다. 재배 작물이 달라 밭떼기 하나하나가 알록달록한데 그게 곧 그림이다. 밤 풍경은 압권이다. 가로등 같은 게 없어서 눈앞에는 온통 우거진 나무숲의 실루엣뿐이다. 그게 또 단색 추상화다. 저 멀리서는 도시의 불빛이 은하수처럼 반짝인다. 가을 안개가 창밖을 떠돌 때쯤 달까지 뜨면 더 말할 필요도 없다.

이런 풍경도 시끄러우면 말짱 꽝이다. 근데 내 망명지는 다람쥐가 방

귀 뀌는 소리도 작심하면 들을 수 있을 만큼 조용하다. 가끔 비단이불 부비는 소리가 스사삭 난다. 조그만 들짐승이 뛰어다닐 때 나는 거슬리지 않는 소음이다. 아침 저녁으로는 소설가 김훈도 묘사하기 힘들 새소리가 경쾌하다. 바람 부는 날에는 해안가에 온 것 같다. 소나무들이 서로를 쓰다듬는데 꼭 파도 소리 같다. 하도 스산한 소리여서 듣고 있으면 살갗에, 마음에 소름이 다 돋는다.

규모만 놓고 보면 '르퓌쥬'는 1980년대에 유행하던 농담 '우리 집은 너무 가난해' 시리즈가 어울릴 곳이다. '우리 집은 가난해. 인삼으로 깍두기 만들어 먹거든. 우리 집은 더 가난해. 대문에서 안방까지 가려면 헬기 타야 돼.' 같은 실없는 농담 말이다.

실제로 집 입구에서 반대쪽 끝까지 좌우 거리가 100미터나 된다. 터가 넓다보니 뒷짐 지고 이쪽 끝에서 저쪽 끝까지 너덧 번 어슬렁거리면 산책하는 효과를 얻는다. 발에 닿는 돌멩이 하나를 무료하게 툭툭 차며 왔다갔다 해도 좋다. 나뭇잎 밟는 감촉을 느낄 수 있고 축구할 때 드리블하는 맛도 난다. 이곳에는 우리나라 국립공원에서나 볼 수 있는 거대한 소나무도 10여 그루 서 있다. 이 나무를 가지치기하고 나면 여기저기에 나무 동가리가 돌아다녔다. 그것들을 나는 아무 생각 없이 차곡차곡 쌓곤 했다. 고향 노부모가 밭일을 해도 거들지 않던 불효자답지 않은 행동이지만 그것이 곧 명상이요, 허리와 팔 운동이었다.

승용차 50대 정도는 너끈히 주차할 수 있는 그 공간에는 세 채의 건물이 있다. 가운데에 있는 게 집주인이 사는 본채다. 2층짜리 전형적인 프로방스 저택이다. 보통 때는 이 넓은 집에서 금발의 미녀가 혼자 산다. 한때 벨기에 방송 CF 모델로 활동한 그녀와는 '바디 랭귀지'로 소통했다. 그녀가 영어를 못했기 때문이다. 아니 내가 프랑스어를 못했기 때문이다. 집은 주인을 닮는다는 말이 있듯이 그녀가 사는 본채는 품위 있으면서도 고풍스럽다. 1층에는 널따란 응접실과 사무용 방과 식당이, 2층에는 침실이 있다.

본채의 좌우에는 그보다 훨씬 작은 두 채의 건물이 30~40미터 간격으로 떨어져 있다. 본채를 바라보고 섰을 때 오른쪽에 있는 게 앞에서 말한 '르퓌쥐'다. 입구 쪽에 붙여놓은 간판은 이 집을 일컫는 것이었다. 명상센터 같은 이 집에는 불교 신자들이 평일 밤이나 주말에 명상을 하거나

프로방스에서 내가 머물던 '카바농'. 창고를 개조한 소박한 원룸이다.

법문을 하러 온다. 법당에는 불상이 오두마니 놓여 있는데 그곳이 가톨
릭 국가 프랑스라서 그랬는지 퍽 낯설었다. 법당 바깥에는 석불도 있고
나뭇가지에 빨강 노랑 파랑 리본을 달아놓아 서낭당 분위기가 난다.

　이제 본채 왼쪽에 있는 내 거처 '카바농Le Cabanon'을 소개할 차례다.
'Le Cabanon'은 프로방스 지방의 사투리로 '작은 별장'이란 뜻이다. 원
래는 창고로 쓰던 것을 원룸 형태로 깨끗하게 단장했다. 입구 위에는 'Le
Cabanon'이란 간판을 붙여놓았다. 냉장고에 '냉장고'라고 크게 써 붙
여놓은 격이다. 창고로 오해하지 말라는 걸까?

　이름 있는 스님들이 가끔 설법하러 왔다가 머무는 곳이라서 내부는 단

출했다. 싱크대, 식탁, 책상, 침대, 옷장, 욕실이 전부다. 인적이 자주 끊겨서 그런지 내가 도착했을 때는 거미가 주인 노릇을 하고 있었다. 해코지하지 않는 그들과 동거하면서 그 집을 '거미의 별장'이라 불렀다.

나는 인터넷도, 전화도 없는 이 별장을 사랑했다. 센스쟁이 집주인이 출입문을 통유리로 만들어놓은 것부터 마음에 들었다. 덕분에 침대에 누우면 바깥 숲의 전경이 한눈에 들어왔다. 숲에 침대를 들여놓고 누워 있다는 느낌이랄까. 책상 위에는 19인치 모니터보다 조금 큰 창을 냈는데, 마치 액자 같았다. 그 액자로는 파란 사각형 수영장과 해변에서 볼 수 있는 하얀 플라스틱 침대 의자가 보였다. 움직임 없는 그 풍경 속으로 종종

금발의 미녀 미망인 혼자 사는 본채. 외관도 우아하지만 실내도 품격 있는 미술품으로 꾸며 놓았다(위).
저택에는 수영장과 불공을 드릴 수 있도록 석불상까지 갖춰져 있다.

사람이 등장하곤 했다. 명상하러 온 젊은 여성들이었다. 비키니 복장으로 침대 의자에 엎드려 책을 읽던 그녀들을 뚫어지게 바라보면서 불경스럽게도 법적, 윤리적으로 허용되는 수준 이상의 명상을 하곤 했다.

'르퓌쥬'가 있는 동네는 망명지답게 한적했다. 옆집에서 세간을 때려 부수며 부부싸움을 해도 전혀 눈치챌 수 없을 만큼 이웃집과 멀찍이 떨어져 있다. 집을 나서면 호젓한 산길이다. 오가는 사람도 드물다. 등산용 지팡이를 든 노인들이 트래킹을 하며 지나갈 따름이다. 동네길이 온통 내 차지가 될 때가 많아서 동네 의회에 신고도 하지 않은 채 내 이름 약자를 따서 'T.S 로드'라 부르기로 나 혼자 결정했다.

그 중요한 결정사항을 알 턱이 없는 이웃집 개들은 내가 지나가기만 하면 사납게 달려들었다. 그래봤자 철사그물 담장에 번번이 가로막혔지만 전속력으로 달려오는 그들의 개 같은 짓에 간담이 서늘할 때가 많았다. 무릎 높이에도 못 미치는 강아지만 봐도 머리끝이 서는 인간이라는 걸 그들은 직감으로 아는 모양이다. 악랄하게 짖어대는 그들에게 신변의 위협을 느낀 나는 탄탄하고 끝이 뾰족한 몽둥이를 장만했다. 그래야 담장 사이 개구멍으로 빠져나와 결투를 신청해도 안심할 것 같았다.

'T.S 로드'의 양쪽은 사유지인데 담 없는 집이 많았다. 산책하다가 프랑스 사람들은 어떻게 사나 싶어 아무 생각 없이 집 근처를 둘러보기도 했다. 사람을 통 볼 수가 없으니 사유지를 드나들면서도 거리낄 게 없었다. 하루는 건장한 남정네가 치통을 앓는 표정으로 다가와 말을 걸었다. 집 떠난 지 며칠이나 됐다고, 그가 무슨 말을 할지도 모르면서 마냥 반가웠다. 사람들 숲에서 빠져나오기 위해 타국으로 도망쳤던 절박함은 온데 간데 없이 사라져버렸다. 나를 가만히 내버려두지 않던, 그 많은 사람들이 그새 그리워진 것일까?

내 반가움은 안중에 없다는 듯 그는 말랑말랑한 프랑스 말에서 비음이 다 빠져나간 소리로 제 심정을 드러냈다. 영어로 "무슨 소리인지 모르겠다."고 내가 말하자 그는 고깝다는 듯이 "뭘 도와줄까?"라고 영어로 되물은 뒤 대답할 틈도 주지 않은 채 "여기는 사유지다. 들어오면 안 된다."고 못을 박았다. '너 지금 주거 침입한 거거든.' 이라는 표정으로.

'그놈 참 야박하네. 내가 도둑질이라도 할 거 같다는 거야, 뭐야?' 라고 속으로 궁시렁거렸지만 사실 그럴 일은 아니었다. 이웃 사람이면 서로 얼굴을 다 아는 동네에서 생판 처음 보는 동양인이 묵직한 몽둥이를 들고 앞마당을 어슬렁거린다면? 제정신 가진 사람이면 어느 누가 "우리 집 애플파이 맛 좀 볼래요?" 하며 환영하겠는가? 생각이 거기까지 미치자 미안한 마음이 들어 돌아서면서 웃는 낯으로 정중하게 중얼거렸다. "그래 잘 먹고 잘 살아라." 진심으로 그가 이 말을 알아들을 수 있으면 좋겠다고 생각했다. 얼마나 좋은 말인가.

이쯤에서 우리 집 주인인 금발의 미녀 마담 베티 얘기를 해야겠다. 대리석처럼 피부가 흰 그녀는 '한번 빠져들어 보시겠습니까?' 란 말이 떠오를 정도로 눈동자가 지중해처럼 푸르렀다. 말로 표현할 길 없이 빛나는 크고 촉촉한 눈, 조금 얇으면서도 놀랄 정도로 아름다운 곡선을 그리고 있는 입술.

카바농 창에 비친 내 모습.

전직 모델답게 몸매도 늘씬했다. 레이스 달린 얇은 망토를 걷어 살며 시 내미는 둥근 손목은 팔찌 때문에 한층 돋보였다. 손은 푸른 정맥이 보일 정도로 투명했는데 손가락이 마치 하얀 볼펜처럼 기다랬다. 그 가냘 프고 긴 손을 잡고 나눈 대화의 끝은 늘 유쾌했다.

아프리카의 프랑스 식민지에서 외교관을 지낸 남편 덕에 수많은 사람과 교유하면서 체득했을 매너는 세련됐다. 활달한 성격과 천사의 것이라고 생각되는 섬세한 미소로 뭇사람에게 호감을 주는 그녀는 엑상프로방스 일대에서 티벳불교 모임을 이끌고 있었다.

그녀는 두 번째 만날 때 마담이란 말을 빼고 그냥 '베티' 라 부르라고 해서 나를 감동시켰다. 낯모르는 타인에게 덜컥 방을 내준 시원시원한 마음씨에 나는 일찌감치 반한 상태였다. 그렇다고 "이러다 사고를 치지." 라며 앞서가지는 마시기 바란다. 프라이버시를 침해하기 싫지만 올해 그녀는 일흔넷이다.

골목길 접어들 때에…

프로방스로 가기 전에는 전혀 기대하지 않았다가 현지에서 보너스처럼 발견한 재미가 하나 있다. 골목길에서 어슬렁대는 일이다. "참 할 일도 없다. 그 먼 데까지 가서."라고 나무랄 분 있겠으나 두 가지를 몰라서 하는 말씀이다. 세상에는 아무것도 안 하기 위해 여행가는 사람도, 별 이상한 걸 재미있다고 하는 사람도 있다.

프로방스 중세 도시의 골목길은 대체로 소형차 한 대가 겨우 지나갈 수 있을 만큼 좁다. 마차가 다니던 시절에 도시가 만들어졌으니까 당연한 일이다. 유럽 특히 프랑스에 소형차가 많은 것도 이 때문이다. 생활 방식이 실용적이고, 몸집이 작아서 프랑스 사람들이 작은 차를 즐겨 타는 건 아니라는 얘기다.

골목은 도심지건 시골 동네건 다 호젓하다. 그 길을 구두 신고 걸으면 또각또각 소리가 아련하게 퍼진다. 그런 소리를 즐기는 맛을 어떻게 비유해야 할지 모르겠다. 골목엔 늘 그늘이 깔려 있는데 건물 키가 높을수록 그늘도 깊다. 그 속에 있으면 상징주의 화가 키리코의 작품에서 풍기는, 몽환적이면서 고독한 기운이 몸을 감싼다. 그 기운은 공포스럽지 않다. 골목이 끝나는 저기 저 쪽에서 빛이 부서지며 환하게 퍼지기 때문이다. 건물의 이마를 때린 뒤 벽면을 타고 흘러 내려오는 빛! 그것을 보고 있으면 그늘과 빛, 어느 쪽이 더 현실에 가까운지 헷갈린다.

건물이 높아서 햇빛이 들지 않는 대도시의 골목길도 좋지만 시골 동네 골목길은 더 좋다. 아, 그날의 루시옹 골목길을 다시 걸을 수 있다면. 낮은 산 위에 앉아 있는 마을 루시옹은 순전히 골목이 아름다워 두 번이나 갔다. 붉은 황토색 집이 다닥다닥 붙어 있는 그 골목길을 걷고 있으면 물감을 두텁게 발라놓은 캔버스에 떨어진 개미가 된 것처럼 온몸에 색을 뒤집어쓰고 있다는 느낌이 들었다.

루시옹에는 불그레한 색깔의 질 좋은 황토가 많이 난다. 그것을 집집마다 벽에 발랐는데 노란빛부터 적갈색까지 다채로웠다. 지형지물로 마을 성격을 알려주겠다는 듯이 동네 한쪽의 깊은 낭떠러지 그 자체가 거대한 황토 덩어리다. 황토 질이 어찌나 좋은지 안료로 사용되는데 흙을 잘게 빻아서 관광객에 팔기까지 한다.

그나저나 왜 이 동네 땅은 빨간 색이 됐을까? 먼 옛날 귀족의 아들이자 유명한 음유시인이 루시옹의 궁정에 불려왔다. 왕 앞에서 노래를 부르기 위해서였다. 늙은 왕은 못생긴 데다 포악했으나 여복은 있어서(이런

'붉은 마을' 루시옹의 황토색 절벽과 마을 모습. 이곳의 황토는 질이 좋아서 안료로 쓰인다.

자들만이 미인을 차지한다) 아내는 젊고 아름다웠다. 왕비와 함께 시인의 노래를 들은 게 화근이었다. 그 자리에서 젊은 시인과 젊은 왕비는 자석처럼 서로를 끌어당겼다.

왕이 둘을 가만둘 리 없었다. 몰래 사람을 시켜 잘생긴 시인의 심장을 가져오게 했다. 분노에 찬 왕은 그것을 왕비의 저녁식사로 내놓았다. 연인을 잃은 것도 모자라 그의 심장을 식탁에서 보게 된 왕비가 말했다.

"왕이시여! 당신은 제게 세상에 둘도 없는 훌륭한 음식을 주셨나이다. 맹세컨대, 평생 그것을 기억하기 위해 앞으로 다시는 아무것도 먹지 않겠나이다."

왕비는 이렇게 말하고는 루시옹 절벽 꼭대기에 올라가 몸을 던졌다.

그러자 그녀의 피가 대지를 붉게 물들였다. 그 피가 아직도 빠지지 않은 걸 보면 피는 물보다 진하다는 말이 맞는 모양이다.

12월의 어느 평일 오후 두 번째 갔을 때는 정말 혼자서 루시옹을 다 차지했다. 내 근처에 얼씬거린 생물은 흑고양이 한 마리뿐이었다. 녀석은 노란 눈을 해가지고는 무슨 냄새라도 맡았는지 뒤를 졸졸 따라다니며 원치 않는 보디가드 노릇을 했다.

골목 사이로 비쳐드는 햇볕을 받으면서 내 손바닥은 비포장 산길을 달리는 지프처럼 그 울퉁불퉁한 황토벽 위를 달렸다. 그러다 손이 아프면 남의 집 문간에 가만히 앉아 멍하니 하늘을 올려다 봤다. 한없이 자유로웠다. 이런 느낌이 그리워 길을 떠나왔는지도 모른다. 아무도 알아봐주지 않는, 아무도 말 걸어주지 않는 공간에서 구름처럼 떠돌고 싶어서. 누구나 똑같은 걸까? 프랑스 사상가 몽테뉴는 일찍이 말했다. '오로지 고독 속에서만 사람은 참된 자유를 안다.'

골목길을 어슬렁대다 보면 사람 사는 모습도 보인다. 어디선가 '이이잉' 소리가 나면 '아, 프랑스 사람은 집안 청소를 진공청소기로 하는구나' 생각하게 되고 파란 하늘을 배경으로 애처롭게 펄럭이는 빨래를 보고는 '프랑스 여자들이 다 T팬티만 입는 건 아니구나' 깨닫게 되는 것이다.

프랑스 사람들이 얼마나 여유 있게 사는지 바로 알 수 있는 곳도 골목이다. 사람 눈이 잘 닿지 않을 높은 창문까지 팬시점 쇼윈도처럼 꾸며놓기 때문이다. 옛날 집이 많아서 창은 대체로 작은데 창 밖 난간을 주먹만한 인형과 화분으로 장식한다. 창 안으로는 속이 비치는 커튼을 드리워놓는다. 그 색상과 배치가 하나 같이 세련되고 예뻐서 창문을 통해 집 안으로 들어가고 싶을 정도다. "그럴 줄 알았다."고 예상했는지 외부인을 차단하기 위해 창문 한 가운데에 납작한 무쇠를 갈고리처럼 박아놓는데 그마저도 눈에 거슬리지 않는다.

창문 밖에는 나무로 튼튼하게 짠 컬러풀한 덧문이 있다. 작열하는 태양을 가리고 미친 듯 불어대는 북풍 미스트랄을 막기 위한 것이다. 덧문이 여러 개 달려 있는 건물은 열면 여는 대로, 닫으면 닫는 대로 패턴을 이뤄 아름답다. 오죽하면 프로방스의 아름다움을 뽐내는 포스터 시리즈 중에 창문만 찍어놓은 게 있을까. 나는 용감하고도 무례하게 남의 집 창문에 대고 툭하면 셔터를 눌러댔다. 말리는 이는 아무도 없었다.

나는 "창문이 이런데 집 안은 얼마나 더 깔끔하고 아름답겠어."라고 추론할 만큼 순진하지는 않다. 그래도 그 속이 궁금한 건 어쩔 수 없었다. 남의 집 기웃거리는 걸 점잖지 못한 일이라고 배웠지만 가끔 "보이는 걸 어떻게 해."라는 말로 스스로를 속이면서 창문 속을 들여다봤다.

그러다 한번은 중세도시 에그모르트에서 난처한 적이 있다. 에그모르트는 도시 전체가 성벽으로 둘러싸인 멋진 곳이다. 입장료를 내고 건물 3층 높이의 성벽을 따라 걷다보면 성 안팎을 다 볼 수 있는데 진짜 '보이는 걸 어떻게 해' 상황이 벌어졌다. 어느 집 2층의 창문으로 침실 내부가 내려다 보였는데 얼마나 어질러놓았는지 저절로 눈이 갔다. 아니나 다를까, 벌거벗은 두 몸뚱이가 커튼 사이로 비쳤다. 조금 전의 치열한 전투를 말해주기에 충분한 광경이었다. 잠깐 이 대목에서 착각하는 분이 없길 바란다. 지금 나는 창문은 예쁜데 내부는 그렇지 않은 집도 있다는 걸 말하는 중이다. 때는 바람이 몹시 부는 12월 중순 평일 오후 2시쯤이었다. 그 날씨, 그 계절, 그 시간, 그 장소에 그들의 라이브 쇼가 벌어지고 있을 거라고는, 또 그걸 지켜볼 눈이 있을 거라고는 나나 그들이나 피차 생각하지 못했다.

골목을 일부러 헤매고 다니다보면 필연코 길찾기 놀이에 빠지게 된다. 어느 방향으로 가고 있는지, 지금 어디에 있는지 종잡을 수 없다. 문제는 그 게임을 원하는 장소에서, 예정된 시간 안에 멈출 수 없다는 점이다. 그럴 때 작은 골목까지 보여주는 상세 지도는 그늘 속의 해시계와 같다. 아무리 오래 들여다봐도 내가 가야 할 길과 방향이 쉬 잡히지 않는다. 골

'창문을 열어다오 내 그리운 마리아~'
프로방스 골목길의 아름다운 창문을 보고 있으면 마리오 란자가 부르던 카푸아의 곡 '마리아 마리'가 절로 입에서 흘러나
온다. 창문 밖의 사람을 배려하는 마음씨가 아름답다.

목 곳곳에 길 이름과 번지수를 붙여놓았지만 이쪽인지 저쪽인지 확신하기 어렵다. 사람들을 붙잡고 영어로 물어보면 프랑스어로 실컷 설명해주니 투자 대비 수익이 신통찮다. 가끔 효과를 볼 때도 없지는 않은데 그때 듣는 대답이란 게 "(네가 찾는 곳이) 바로 여기야."다.

길을 잃고 헤매는 동안 얻는 게 답답증만은 아니다. 그만큼 도시의 속살을 자세히 보게 된다. 길눈이 지하실처럼 어두운 나는 일정이 빠듯했던 몽펠리에와 툴롱에서 그런 경험을 했다. 예정에도 없던, 그러나 놓쳤으면 후회했을 명소를 몇 군데 발견했다. 엑상프로방스를 어느 정도 안다고 말할 수 있는 것도 그런 경험 덕분이다. PC방, 카메라 수리점, 섹스 비디오 대여점, 책방, 꽃가게, 피자집, 화장실, 시장이 어디 있는지 지금도 눈에 선하다.

이번에 나는 확실히 배웠다. '골목길 어슬렁대기'가 가장 사치스런 여행 방법 중 하나라는 것을. 시간이 남아야 가능한 일이기 때문이다. 사소한 일이지만, 그런 여행을 해봤다는 데 자부심을 갖기로 했다.

성당은 숨 쉰다, 고로 존재한다

프로방스뿐 아니라 프랑스 곳곳을 돌아다니면서 내가 가장 많이 방문한 곳은 성당이다. 일용할 양식을 구하기 위해 갈 수밖에 없는 슈퍼마켓이나 블랑제리^{빵집}보다 더 자주 갔다.

장터처럼 관광객들로 북적거리는 저 파리의 노트르담 대성당은 말할 것도 없고 세계문화유산으로 등재된, 스테인드글라스가 예술인 부르주의 생테티엔 대성당, 뱃사람의 안녕을 기원하는 그림과 장난감 배가 걸려 있는 마르세유의 상징 노트르담 드 라 가르드 대성당, 크리스마스 이브 미사가 장엄했던 엑상프로방스의 성소뵈유 성당, 칸 영화제에서 전도연 양의 손등에 키스한 알랭 들롱처럼 잘생긴 걸인이 커다란 포도주병을 들고 구걸하던 아를의 생트로핌 성당, 결혼식이 열리던 생폴드방스의 생폴 교회, 막달라 마리아의 전설을 간직하고 있는 생 마리 라 메르 성당,

뒤랑스 강과 루베롱산이 한눈에 보이는 작은 산골 마을 오르공의 노트르담 성당. 7번 국도를 달리다보면 우뚝 서 있는 이 첨탑이 보인다.

찾는 사람이 드물어 내부 벽의 돌가루가 흘러내리던 앙스위스의 이름도 까먹은 성당…….

내가 찾아간 성당을 작심하고 적으려면 영화 끝난 뒤 올라가는 '만든 사람들' 자막처럼 언제 멈출지 모르니 이쯤에서 그만하겠다.

신앙이 있는 분이라면 "주님을 향한 사랑이 깊군요." 하며 반가워하실 테고 좀 까칠한 분이라면 "뭔 죄를 그리 많이 지었냐."고 하실 게다. 그러나 양쪽 다 잘못 짚으셨다. "산에 왜 가냐"고 물으면 "산이 거기 있어서 가지요."라고 폼 나게 말하는 사람이 있는 것처럼 나도 성당이 거기 있어서 갔다.

유럽을 여행하다보면 사실 성당에 안 갈 수가 없다. 가볼 만한 유럽의 도시는 죄다 중세 때 건설됐기 때문이다. 중세가 어떤 시대인가? 세계사 시간에 배웠듯이 모든 게 성당 중심으로 돌아갔던 종교의 시대였다. 당연히 성당은 마을의 한복판 또는 전망 좋은 꼭대기에 있으니 갈 수밖에 없는 거다.

'산이 거기 있어서 간다.'고 무심하게 말한다고 해서 그 이유만으로 산에 가는 게 아니듯이 성당에도 갈 만한 이유가 있다. 신자가 아니라도 좋은 게 참 많다. 새삼스러운 얘기지만 성당은 당대는 물론 지금까지도 가장 훌륭한 볼거리다. 중세 문명의 부와 권력과 과학이 총집결해 일궈놓은 값진 문화유산이다. 그러나 젊어서 유럽 성당을 처음 봤을 때만 해도 "저게 다 광기와 착취의 산물이지."라며 개도 안 물어갈 심술을 부리곤 했다.

매사에 한 박자 늦는 나는 이제 성당 숭배파로 전향했다. 건축의 역사

수많은 중세 성당의 첨탑은 각기 개성을 자랑한다. 종탑에서 갑자기 울려오는 종소리를 듣고, 시계탑의 멈춰선 시곗 바늘을 보면서 사람들은 이따금 자신의 생을 돌아보게 된다.

를 뒤적이며 "그 시대에 어떻게 저런 건축물을 지었을까." 경의를 표하게 됐다. 그 덕에 성당에 얽힌 이야기도 몇 개 건졌다. 이를 테면 유럽의 어떤 영주는 자기네 동네 성당만큼 멋지고 거대한 성당을 다른 곳에서 짓지 못하게 건축가의 목을 베면서까지 '누가 누가 잘하나' 경쟁을 펼쳤다는 사실 같은 것 말이다. 1050년부터 300년 동안 수백만 톤에 달하는 돌이 프랑스로 유입돼 대성당 580여 개가 지어졌다는 것도, 그 돌의 양이 고대 이집트에서 사용한 것보다 많다는 것도 알게 됐다.

이번 여행에서는 성당의 스테인드글라스에 필이 꽂혀 찍고 또 찍었다. 망원렌즈까지 장만해 정조준을 한 덕에 컴퓨터 바탕화면에 깔 만한 걸 몇 점 건지기도 했다. 가만히 그것들을 관찰하다 성인聖人이나 성화 문양이 아닌, 모던하고 단순한 디자인으로 새로 복원한 것을 발견할 때도 있었다.

나그네에게 성당은 그보다 더 좋을 수 없는 휴식처다. 방학 중인 교실처럼 빈자리가 많아 원하는 곳 아무 데나 앉아서 힘이 다 빠져나간 다리를 쉬게 할 수 있다. 가만히 묵상을 하다보면 컴컴하던 내부가 하나하나 눈에 들어온다. 그때쯤 가이드북을 꺼내 다음 행선지를 찾아도 좋다.

적당히 컴컴한 데다 조용하긴 또 얼마나 조용한가. 미사가 없는 시간이면 한동안 두 손을 모아 이마를 기대도 된다. 기도하라는 게 아니다. 굳이 말리는 건 아니지만, 내가 하고 싶은 얘기는 눈을 붙여도 된다는 거다. 한 30분 눈을 감고 있으면 피로가 확 풀린다. 숙박료 내라는 신부님 없고 주님의 전당이라 소지품 도난당할 위험도 없으니 잔뜩 곤두세운 경계심은 풀어버려도 된다. 성당은 유럽의 어떤 공공장소보다 개장 시간이 길

성당의 주요한 볼거리 가운데 하나는 각양각색의 스테인드글라스다. 신을 찬양하는 것이 대부분이지만 최근엔 추상적인 디자인으로 복원한 것도 등장하고 있다.

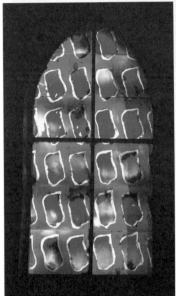

다. 심지어 일요일에도 입장 가능하다.

성당이 주는 특혜 중 하나는 공짜로 감동적인 음악을 감상할 수 있다는 것이다. 로큰롤이나 힙합, R&B, 발라드, 트로트는 아니다. 오로지 성가만 가능하다. 높은 천장과 넓은 회랑이 메아리를 만들어 어떤 곡을 들어도 감동적이다. 아마 망치 소리를 반주 삼아 돼지가 꿀꿀대도 들을 만할 것이다.

음악이 얼마나 감동적이었던지 화강암 산악 지역인 레잘피의 작은 중세마을 레 보 드 프로방스Les Baux de Provence에서 나는 까딱하면 가톨릭 신자가 될 뻔했다. 마을 성당에서 피곤한 다리를 쭉 펴고, 모은 두 손 위에 이마를 올려놓은 채 엎드리듯 기도 자세를 잡고 있는데 남성 중창곡이 흘러나왔다. 생음악은 아니지만 스피커에서 흘러나오는 잔잔한 곡조에 나도 모르게 울컥했다. 만약 옆에 신부님이 있었다면 고해성사를 자처해 콧물눈물 쏟으며 내 죄를 사해달라고 징징댔을 것이다.

그나저나 왜 울컥한 것일까? 무반주 중창곡에 흔들릴 만큼 그렇게 마음자리가 약해진 걸까? 누구 말마따나 그분이 내 지친 영혼을 살짝 어루만지기라도 한 것일까? 어설픈 노력으로는 극복하기 어려운 수많은 일들이 내 앞에 기다린다는 사실을 이제야 깨달은 것일까? 5년 전에도 스페인 바르셀로나 몬세라토의 성당에서 원인을 알 수 없는 설움에 복받쳐 주책맞게 혼자 실컷 울었던 일이 있다. 논산훈련소에서 유격훈련을 마친 뒤 조교가 시키는 대로 애인 이름을 부르며 질질 짜본 뒤 21년 만에 울음보가 터진 것이다. 나는 귀갓길에 엑상프로방스의 음반 판매점에 들러 그 음악과 유사한 그레고리안 성가곡 음반 'CANTO'를 구해 귀국할 때까지 듣고 다녔다. 이상하리만큼 마음에 평화가 왔다.

로마 유적이 많이 남아 있는 도시 베종 라 로멘Vaison la Romaine의 노트르담 드 나자레 성당에서는 파이프오르간 연주를 라이브로 감상할 수 있었다. 가을비가 추적추적 내리는 늦은 오후라 성당 안에는 나밖에 없었다. 분에 넘치게도 나 혼자만을 위한 연주였다. 툴롱의 생 프랑수아 드 폴 성당에서도 비슷한 연주를 들었다. 그때는 여학생이 시원한 종아리로 탭댄스를 추듯 분주하게 페달을 밟아댔다. 파이프오르간에 페달이 그렇게 많은지 그때 처음 알았다.

눈 씻고 찾아보면 쓸 데가 많은 성당이건만 거기서 멀쩡한 젊은이를 만나기는 쉽지 않았다. 죄다 꼬부랑 할머니 할아버지뿐이다. 간혹 젊은 축이 없는 건 아닌데 그들은 손에 지도를 들고 등에 작은 색을 멘 관광객일 때가 많았다.

프랑스에서 종교 인구의 90퍼센트 이상은 로마가톨릭이라는데 어떻게 된 거지? 알고 보니 1968년 혁명 이후 가톨릭 신자가 큰 폭으로 줄었고 젊은이들은 더이상 성당에 가려 하지 않는다고 했다.

그러나 깊은 물은 조용히 흐르는 법. 필요할 때면, 가야 할 때면 프랑스 사람들은 성당에 갔다. 나는 고흐가 말년을 보낸 생레미 드 프로방스의 성당에서 모르는 사람의 장례 미사에 참석했고 생폴드방스의 생폴 성당에서는 역시 모르는 사람의 혼배미사에 앉아 있었다. 미사가 열린 그 성당은 특이하게 가로로 긴 구조였는데 꽤 넓은 공간이 신랑신부 하객으로 꽉 찼다. 양가 어느 쪽에서도 초대장을 받지 않았지만 육중한 카메라를 맨 채 알아들을 수 없는 신부님의 기나긴 강론을 들었다.

프랑스의 성당은 평소에는 썰렁하기만 하다. 노인 한두 명과 관광객이 들락거릴 뿐이다. 하지만 중요한 행사가 열릴 때면 성당은 언제 그랬냐 싶게 북적인다. 성당에서 열리는 연주회(위)와 미사(아래)와 결혼 식(오른쪽).

그때 육박전처럼 허겁지겁 치른 내 결혼식이 떠오르는가 싶더니 이내 내 아들 딸은 어떤 결혼식을 하게 될까 궁금해졌다. '그때쯤이면 나는 어떤 사람이 돼 있을까'가 아니라 '어떤 자리에 있을까'를 생각하면서 씁쓸해졌다. 아들 딸이 결혼식을 올릴 때까지만이라도 직장에 붙어 있어야 한다는 이 땅의 숭고한 겁쟁이 아빠들을 꽤 많이 봐왔기 때문이다. 자식 결혼식만 끝나면 직장을 잃어도 괜찮다는 사람치고 진짜 괜찮을 사람이 있을까마는 자기 인생과 자존심은 아랑곳하지 않고 자식의 명예 아니, 기를 살리려는 가엾은 부정父情에 나는 동의할 수 없었다. 지금은 그들에게 겁쟁이란 계급장을 호기롭게 붙이고 있으나 그것은 사실 내 미래이기도 했다.

　이윽고 결혼식이 끝났다. 피로연에 참석해 떡, 아니 파이 한 쪽도 못 얻어먹고 길을 재촉하는데 성당의 축하 종소리가 한동안 마을 구석구석에 스며들었다. 프로방스로 떠나기 전 무슨 일에도 놀라지 않겠다고 다짐했으나 성당의 종소리에는 소스라치게 놀랄 때가 많았다. 한가롭게 거리를 거닐다가도, 카메라 렌즈 초점을 맞추다가도 나는 갑작스럽게 울리는, 거의 깨질 듯한 종소리에 간이 콩알만해졌다. 그 소리는 종 바깥을 때려 울림이 깊은 우리네 산사의 종소리와 달랐다. 종 안쪽을 때려서 경망스럽기 그지 없는 그 소리를 사람들은 '정신 차려! 정신 차려!' 라는 메시지로 여기고 있는지도 모르겠다.

2장
인생은 진실하고 아름다운 것

이곳에서 내 감각 중 가장 호강한 것은 시각이었다.
화려하고 우아하고 아름답고 세련되고 깔끔하고 아기자기한 것들이
눈 돌리는 곳마다 널려 있었다.
그런 것들을 나처럼 잠깐이 아니라
태어나서 죽을 때까지 보는 사람들은 그 고마움을 모를 것이다.
어쩌면 그들은 이렇게 말할지도 모른다.
"아름다움, 그게 뭐 별 건가요?
공기처럼 당연하게 우리 곁에 있는 거 아니에요?"

프로방스 시장은 동네 사랑방

시장에만 가면 나는 괜히 기분이 부웅 뜬다. 내 속의 피가 페라리처럼 슈우웅 하고 달리는 게 느껴질 정도다. 이유가 뭘까 곰곰이 생각해봤는데 아무래도 둘 중에 하나가 아닌가 싶다.

먼저 떠오르는 이유는 '물욕'이다. 내게 물욕은 마치 발목의 때 같다. 어찌 된 게 매일매일 닦아도 없어지지 않는다. 돈이 있는 사람이라면 물욕이 좀 있다고 해서 큰 탈이 나진 않겠지만 나는 그런 사람이 못 된다. 내 직종은 겨우 먹고살 만큼만 봉급을 주었다. 그걸 알 만한 때도 됐건만 나는 오래도록 엉뚱한 직종의 사람들과 비교하면서 자신을 학대했다. 가령 이런 식이다. "네가 2년 정도 죽어라고 일해야 벌 수 있는 돈을 박지성 선수는 일주일 만에 버는데 부끄럽지도 않니? 지성이 걔가 한 주만 그렇게 버는 게 아니야. 매주 그런 거야. 어떨 때는 몇 주 동안 경기에 출전하지도 않는다고. 넌 하루만 일 안 해도 문제가 생기잖아."

이런 식의 자학은 내가 가까스로 지탱해온 직업정신을 한 방에 무너뜨릴 수 있는 무서운 공격이지만 쉽사리 사그라들지 않았다. 학대받으면 기분이 좋아지는 마조히스트 기질이 내 안의 어딘가에 있는 걸까?

시장에 갈 때마다 들뜬 또 다른 이유를 대라면 소년기의 추억을 집어내지 않을 수 없다. 모든 게 부족하던 1970년대에는 시장만큼 풍성한 곳이 없었는데 그곳에서 내 열두서너 살 시절을 보냈다. 소년기에 살던 공간을 낙원으로 여기는 사람이 있다는데 내가 그런 경우일지도 모르겠다.

프로방스에서도 시장만 보면 가슴이 뛰었다. 도심 속에 차려진 장터에서 괜히 들떠 얼쩡거렸다. 그곳에선 "왔어요, 왔어! 골라, 골라!"를 부르짖는 소리는 들리지 않았다. 손님을 먼저 차지하려고 악다구니를 쓰지도 않았다. 길을 터달라고 "길이요, 길." 하며 숨 가쁘게 물건을 나르는 사람도 드물었다. 우리네 시장 같은 치열한 맛은 떨어지지만 프로방스 시장에는 아름다운 기운이 흐른다. 눈에 콩깍지가 씌어서 이렇게 말하는 게 아니다. 관광 책자에 추천 방문지로 시장이 꼭 들어가는 걸 보면 웬만한 명승지보단 경쟁력이 있는 듯하다.

시장이 서는 곳은 도심 한복판의 양지바른 광장이다. 여기서 헷갈리시면 안 되는 게 있다. 도심의 광장이라고 해서 서울시청 앞 광장 같은 걸 떠올리면 안 된다. 중세 도시의 구시가지 광장이 대부분이라서 배구 코트 두서너 개만한 좁은 곳도 많다. 광장 주변엔 으레 시청이나 성당 같은 중세풍 또는 근대풍의 우아한 석조 건물이 빙 둘러서 있다. 공연장처럼 무대 디자이너가 있는 것도 아닐 텐데 과일, 채소, 꽃, 향료, 소시지, 치즈, 올리브, 빵을 펼쳐놓은 모양새가 대단히 조형적이고 컬러풀하다.

시장 사람들의 표정도 비교적 온화하다. "이 일은 내 일이니까." "먹고 살아야 하잖아."라는 식의 비장함이 없다. "그 속을 어떻게 아냐?"고 따지면 마땅한 증거 자료를 댈 수는 없다. 하지만 사람들이 약속이나 한 듯이 즐거운 척 표정 관리를 할 수는 없는 노릇 아닌가.

내가 프로방스 시장을 처음 들른 건 엑상프로방스에서다. 물에 데친 나물처럼 후줄근해진 상태로 한적한 골목길을 정처 없이 걷고 있는데 갑자기 시끌벅적한 소리가 들렸다. 그 소리를 따라갔더니 라쉐름 광장에 내 어릴 적 파라다이스가 펼쳐져 있었다. 사과 당근 소시지 굴 조개 연어 올리브 향료 꿀 와인 장미 해바라기 바게트 케이크 바구니 비누 티셔츠 수채화 LP앨범…….

내 몸에서 생기가 돌기 시작했다. 머릿속도 한결 개운해졌다. 시차 적응이 안 될 때면 머릿속에서 윙윙 거리며 날아다니던 날벌레가 장터의 과일을 보고 쏙 빠져나간 모양이다. 오~ 도대체 뭘까 이 기분은? 시장에만 오면 삶이 아름다워지고 부자가 된 것 같은 느낌 말이다.

사람 많은 곳을 좋아하는 스타일은 아니지만 다닥다닥 붙여놓은 좌판 사이를 짓쳐 들어갔다. 그때였다. 임산부 같은 중년 아저씨가 사무용 지우개만한 바게트 쪼가리를 내밀며 말을 걸었다. 그의 둥글게 부풀어오른 배를 보고 있자니 거의 숭고함에 가까운 장대함이 느껴졌다.

"무슈, #$%∧&@!~+."

통역은 없었지만 나는 귀신같이 그의 말을 알아들었다. "맛이나 한번

보고 가슈.” 잽싸게 눈동자를 굴리며 상황 파악에 나섰다. 2초 뒤에 나온 데이터 분석 결과는 긍정적이었다.

'괜찮겠어. 맛보기용으로 주나봐. 돈 내라 소리는 안 할 거니까 안심해.'

세상에 공짜는 없는 법인데 “메르시고마워.” 하며 날름 그걸 받아먹었다. '오오오~ 괜찮은데, 이거.' 빵에 바른 소스가 제법 담백하고 새콤하면서도 깊은 맛이 났다.

배불뚝이 상인은 칼로 계속 뭔가를 빵에 퍼 바르며 나를 바라봤다. 가까이 가보니 그가 파는 것은 빵이 아니라 올리브 절임이었다. 간장고추장아찌를 다져놓은 것 같은 생김새인데 올리브에 갖은 양념을 넣어 숙성시켜 맛이 풍부했다. 손가락으로 올리브 절임 두어 가지를 더 가리켰다. 그것을 바른 바게트를 다 해치우고 과묵하게 엄지손가락을 펴 보이자 배불뚝이는 어느새 투명 플라스틱 용기를 든 채 한 움큼을 퍼 담으면서 “OK?” 하고 물었다. '이 정도 양이면 되겠니?' 하고 확인한 것이다. 또다시 과묵하게 엄지와 검지로 동그라미를 만들었다. 그때 구입한 올리브 절임은 한동안 내 빈한한 식탁에서 몸값을 충분히 했다.

그때 어딘가에서 “곤니치와.” 소리가 들려왔다. 직감적으로 나를 부른다는 걸 알았으나 무시한 채 몸을 돌리자 이번엔 “니하오마.”가 나를 불렀다. 긴 노랑머리를 한 다발로 질끈 묶은 총각이 번지수를 착각해 나를 일본인 아니면 중국인으로 생각한 것이다. “내 이 놈을 가만두지 않겠다.”며 녀석에게 다가가 말했다.

“나는 한국에서 왔다, 한국말로는 ‘안녕하세요.’라고 한다, 간단히 ‘안녕’이라고 해도 된다, 한 번 따라 해봐라 ‘안녕’.”

장사하다 말고 때 아닌 외국어 공부를 하게 된 녀석은 프로답게 씩 웃으면서 빨랫비누 같은 포마주^{치즈보다 더 광범위한 유가공품}를 좀 두툼다 싶게 썰어 내밀었다. 꼬랑내가 나는 썩은 구두를 씹는 기분이었다. 하지만 엄지손가락을 펴올렸다. 와인하고 먹으면 괜찮겠다 싶었다. 이번에는 내가 먼저 껍데기에 흰곰팡이가 핀 소시지를 가리켰다. 얇게 저며 안주로 먹으면 딱이니까.

30~40분이 채 되지도 않았는데 그놈의 물욕에 휘둘려 내 손가락에는 올리브 절임, 청포도, 케이크 조각, 포마주, 소시지를 각각 담은 하얀 비닐봉지가 주렁주렁 걸려 있었다. 토끼 사냥이라도 다녀온 모습이었다. 여기다 해바라기까지 한 다발 들면 영락없는 프로방스 주부의 모습일 텐데, 하는 생각이 뜬금없이 지나갔다. 그렇게 한 번 해볼까도 생각했다. 여기는 프로방스니까.

시장에서 한살림을 장만하고 나오면서 괜스레 뿌듯했다. 적어도 20~30퍼센트 비용은 절약했겠지 하고 생각했기 때문이다. 프로방스 시장에서도 과일은 분명히 더 쌌고 올리브 절임이나 포마주, 소시지 등은 소량이라도 원하는 만큼 살 수 있어 편리했다. 하지만 시장 물건 값이 동네 슈퍼나 대형마켓보다 결코 저렴하지는 않았다. 나중에야 안 것이지만 시장은 물건을 싸게만 파는 곳이 아니다. 싱싱하고 믿을 만한 물건을 거래하는 곳이다. 손님들은 그걸 잘 알기 때문에 시장에 온다. 장사꾼들도 친절하지만 비굴하게 굽실거리지 않는다.

"대형마켓에서 파는 햄은 죽은 쥐로 만들어도 사람들이 모를 거야. 뉴스 보면 몰라? 먹으면 안 되는 화학 성분을 넣기도 하잖아. 하지만 우리

것은 안전하고 확실하다고. 당신 엄마도 우리 거 먹고 너와 네 형제를 만들었다니까."

직접 이렇게 말하는 이는 없었지만 그들의 표정에서는 자부심이 그대로 드러났다. 그들 중에는 자신이 직접 생산한 물건을 가져온 이도 있었다. 이들 농사꾼들은 "우리 밭에서 오늘 아침에 뽑아온 거야."라고 시위하듯 흙투성이 바지에 장화를 신고는 장터 옆 카페에서 담배를 피우며 커피를 마셨다.

프로방스의 장터는 성당처럼 중장년층이 주로 찾는다. 엄청난 물량과 광고 마케팅으로 무장한 대형마켓에서는 도저히 불가능한 일을 그곳에선 할 수 있기 때문이다. 단골 가게에서 싱싱한 물건을 살 수도 있고 오래 못 만난 이웃과 뺨을 부비며 밀린 얘기를 나눌 수도 있다. 그들 중에는 특이하게도 혼자 온 할아버지들이 많았다. 꼼꼼하게 물건을 고르며 상인과 수다를 떠는 모습이 어색하지 않았다.

프로방스 일대에서 시장은 일주일에 한두 번 서는 게 보통이다. 이른 새벽 좌판과 햇볕 가리개를 펼치고 오후 1시 전후에는 파장한다. 북적거리던 광장은 언제 장이 섰냐 싶을 만큼 깨끗하게 물청소를 한 뒤 제 모습을 찾는다. 광장엔 곧 카페의 식탁이 차려지고 달콤한 그늘과 적막한 쾌활함이 감돈다.

물론 예외 없는 법칙은 없다. 엑상프로방스 같이 인구가 제법 많은 도시에서는 매일 오전에 장이 서기도 한다. 또 관광객이 많이 찾아오는 바닷가 휴양도시 앙티브 같은 곳에서는 피카소 박물관 뒷편, 다시 말해 시

소시지, 말린 과일, 올리브 절임, 잼, 향료, 신선한 야채
와 과일……. 우리네 시장도 마찬가지지만 프로방스 시
장엔 먹고 싶은 것들이 참 많다. 어떤 맛인지도 모르면
서 형형색색의 먹을거리들을 보면 괜스레 배가 고파지
곤 했다.

청 앞에 상설 전통시장이 선다. 이곳에선 우리네 재래시장처럼 지붕을 씌운 붙박이 시장이 매일 열리는데 관광객이 팔아주는 액수도 만만치 않아 보인다. 나는 앙티브에 세 번 갔는데 그때마다 진저리치게 달콤한 과일절임이며 새콤한 샐러드, 팔뚝만한 소시지를 그리 저렴하지 않은 가격에 샀다.

프로방스 일대의 전통시장 10여 군데를 들렀지만 위제스 시장은 극성스럽고 특별했다. 세계문화유산으로 등재된 로마 수도교 '퐁 뒤 가르'에서 20킬로미터 떨어진, 유서 깊은 이 중세 도시는 장날이면 구시가지 전체가 시장이 된다. 도시를 싸고 도는 원형도로와 이어지는 인도, 중앙광장으로 통하는 골목길이 죄다 노점으로 덮인다. 저런 걸 누가 살까 싶은 물건도 있는데 그야말로 없는 것 빼고는 다 있다.

나는 그곳에서 참으로 철딱서니 없이 아무 데나 대고 셔터를 눌러댔다. 아무래도 그림이 되는 과일가게와 꽃가게, 프로방스풍의 비누와 도자기가게, 프랑스 기분이 나는 포마주와 소시지가게가 공략 대상이다. 손님이 뜸한 장신구가게 아저씨는 즐겁게 웃으면서 포즈까지 취해줘 내가 무슨 의미 있는 일을 하고 있다는 착각이 들게 했다.

신나게 사진을 찍다 카메라를 황급히 피하는 여성을 보고 움찔했다. 가늘고 긴 다리에 금발의 단발머리를 귀 뒤로 넘긴, 자태 고운 여성이었다. 가만히 지켜봤더니 커다란 곡물빵을 놓고 흥정 한 마디 못 붙이는 초짜였다.

그녀를 보면서 열서너 살 때의 내 모습이 오버랩됐다. 옷가게를 운영하던 내 부모는 설이나 추석 대목 때면 나를 양말 판매담당 이사로 임명했다. 가게 앞 임시 좌판에 펼쳐놓은 선물용 양말이 취급 품목이었다. 흥정할 여지가 별로 없고 가격도 일정해 충분히 감당할 만했다.

내가 맡은 보직은 가사를 도울 수 있는 흔치 않은 기회였을 뿐 아니라 덤으로 경제관념까지 익힐 수 있게 해주었다. 무엇보다 당시 아이들로서는 상상도 할 수 없는 천문학적 액수의 보너스가 보장됐다. 나는 매출을 제법 올렸지만 그때 나는 내 모든 것 하다못해 쌍꺼풀까지 부끄러운 사춘기였다. 우리 반 아이가 제 엄마 손을 잡고 저쪽에서 나타나기만 하면 괜히 허둥대다 가게 안으로 숨어들거나 화장실을 찾았다. 그 추억을 떠올리며 베개만큼 두툼한 곡물빵을 사들고 시장 좌판 사이를 헤집고 다녔다.

아름다움 그거 얼마예요?

공자께서 말씀하셨다. "군자는 젊었을 때는 색욕을, 노년에는 물욕을 경계해야 한다." 애당초 군자가 될 소질도 팔자도 운명도 못 되는 나한테는 그다지 감동적인 말은 아니다.

장자께서도 한 말씀하셨다. "소인은 물욕으로, 군자는 명예욕으로 파멸한다." 이 말은 '공자님 말씀'처럼 무시할 수 없다. 군자만 가지고 뭐라고 그러는 게 아니기 때문이다. 우리 같은 소인은 그냥 대충 살게 내버려두면 좋겠는데 물욕을 조심하라는 거다.

두 양반의 말을 분석해보면 군자든 소인이든 물욕에 잘못 물릴 경우 뼈도 못 추린다는 복잡한 이론 하나가 탄생한다. 이 이론의 핵심 내용을 좀더 자세히 설명하면 이렇다.

'물욕은 외부의 적이 아니라 내부의 적이니 스스로 다스려야 한다. 군자, 소인 할 것 없이 누구에게나 물욕은 있는 것이니까 너무 실망하지는 마라. 하지만 누구도 그걸 가볍게 물리칠 수 없다. 평소에 안 물리도록 조심하는 수밖에 없다.'

프로방스에서 생활하는 동안 나는 정통 소인배답게 물욕에 줄기차게 시달려야 했다. 프로방스의 소인배협회로부터 돼지고기에 찍는 퍼런 등급도장을 내 뇌 속에 받기도 했다. 도장 문구를 들여다봤더니 '1등급 소인배'란다. 도대체 뭘 얼마나 쓰고 돌아다녔기에 그런 도장을 다 받았느냐고 하실 분을 위해 지금부터 내 쇼핑백을 열어보겠다.

1. 채색 도자기로 서랍을 만든 프로방스풍 나무 보석상자.
2. 예쁜 프로방스 풍경이 담겨 있는 마그네트.
3. 수채화와 사진으로 장식한 프로방스 안내서.
4. 가볍고 질긴 친환경적 프로방스 장바구니.

이런 목록만 보시면 '에이~쥐뿔도 없네.' 하실 분 있겠다. 남의 얘기라고 그렇게 함부로 말씀하시면 안 된다. 과연 그런지 한번 확인해보시기 바란다.

1. 보석상자

프로방스에서 내 물욕을 가장 독하게 자극한 것은 파양스faïence, 일명 채색 도자다. 주전자, 커피잔, 접시, 양념통, 램프, 꽃병, 거울, 편지꽂이, 시계 같은 실용품도 많고 순수한 실내 장식품도 부지기수다. 그것들을 볼 때마다 지갑을 조물락거리면서 "저것들을 그냥 돈으로 화악." 할 때가 많았다. 긴 말 할 것 없이 '형형색색'이었다. 선명하고도 화려한 색채와 균형 있으면서도 변화를 추구한 품새가 참 예뻤다. 나란 인간은 뭘 꾸미고 자시고 할 만큼 살뜰하거나 부지런한 사람은 아니다. 그런데 그 이쁜 것들을 보면서 장성한 아들 둔 아비처럼 "저런 애를 집 안에 들이면 참 좋을 텐데." 하는 심정이 되곤 했다. 그것들을 덜컥 사들이긴 힘들었다. 부피도 크고, 깨지기도 쉽고, 다녀야 할 곳도 많고, 일정도 많이 남았으니. 하지만 물욕이 어떤 놈인가. 한번 물었다 하면 포기하는 법이 없다. 거기다 파양스를 파는 곳은 한두 군데가 아니다. 가는 곳마다 놈에게 시달려야 했다.

할 수 없이 놈과 타협한 끝에 보석상자를 하나 골랐다(87쪽 오른쪽 하단 사진 참고). 솔직히 말해 보석보다는 단추상자에 가까워 보이지만 '제눈에 안경'이다. 내 눈에는 서랍 하나하나에 색채와 디자인 감각이 제법 살아 있는 것처럼 보인다. 그러니 '내 마음속의 보석상자' 쯤 되는 것이다.

거기에 넣을 만큼 다양한 보석이 있냐면 그렇지는 않다. 내놓고 자랑할 일은 아니지만 아내의 대학 졸업반지가 고작이다. 원고를 읽던 아내는 너무 창피한 거 아니냐며 조언이랍시고 결혼반지라고 적으란다. 그러니 그렇게 이해해주시길.

참! 가격이 궁금하실 분 있을 텐데 비밀이다. 외화밀반출 혐의로 조사받고 싶은 마음은 전혀 없기 때문이다. 알고 보면 나도 피해자다. 물욕의 희생자란 말이다.

2. 마그네트

외국에 출장을 갈 때면 엽서 세트를 한 다발씩 사곤 했다. 가볼 만한 명소 사진이 다 들어 있어서 가이드 없이 다니는 여행길에 도움이 되기 때문이다. 사진 찍기 가장 좋은 각도도 알려주고. 물론 엽서를 사는 가장 큰 이유는 집에서 부러워만 하고 있을 가족에게 내가 둘러본 곳을 보여 주며 설명하기 위해서다. 엽서를 한 장 한 장 넘길 때는 주의할 게 있는데 "별 거 없더라구." "한국보다 못해." 같은 말을 실수로라도 하면 안 된다 는 거다. 엽서만 구경하는 입장에선 그런 인간들, 무척 재수없다.

얼마 전부터 엽서 대신 냉장고에 붙일 수 있는 자석을 구하기 시작했 다. 엽서 사진은 이제 인터넷 때문에 희소성도 떨어지고 일 삼아 꺼내 보기도 귀찮다. 반면 식탁 옆 냉장고에 붙여놓은 자석은 아무 때나 힘 안 들이고 쳐다보며 여행지의 추억에 잠길 수 있어서 좋다. 물욕 많은 인간이 추구하는 '모으는 재미'도 쏠쏠하고.

프로방스를 돌아다닐 때 나는 마을 입구에 있는 기념품 가게에 맨 먼저 들러 출석도장을 찍듯 자석부터 구했다. 예정된 목적지를 헤매고 다니다보면 시간이 빠듯해 놓치기 쉬워서다. 자석을 고를 때는 사진을 코팅했거나 합금으로 찍어낸 것은 피하고, 도자기 느낌이 나는 걸로 골랐다. 덜 정교하고 덜 단단하지만 입체감도 살고 질감과 색감이 좋다. 한데 모아놓으면 돋을새김 해놓은 부조처럼 웬만한 작품 느낌도 난다.

이런 소품의 가격은 4~6유로 정도 한다. 자석은 잔돈으로 구입하기도 좋고, 잔돈이 없을 때 그것을 사면서 잔돈을 바꾸기도 좋다. 하지만 자석도 20~30개 정도 되면 가격이 장난 아니다.

3. 프로방스 안내서

프로방스가 얼마나 인기 있는 관광지인지는 서점에서 파는 관련 서적만 봐도 금세 알 수 있다. 온갖 정보를 다 구겨넣은 본격 관광가이드북 말고도 수채화를 곁들인 에세이풍 안내서, 프로방스를 테마별로 찍어놓은 사진, 세계적인 화가들이 프로방스를 배경으로 그린 회화 책까지 다양하다.

나는 가이드북만 4종, 사진집 5종, 아트북 4종, 수채화를 담은 에세이집 5종을 구하느라 등골이 빠질 뻔했다. 가이드북을 빼고는 대부분 프랑스어 버전이다. 프랑스어는 사다리 놓고 H자도 모르면서 너무 예뻐 안

살 수 없었다. '회화의 나라'에서 만든 '메이드 인 프랑스' 제품답게 화려하고 세련됐다. 읽고 싶은 책이라기보다는 갖고 싶은 이 책들을 본 사람들은 내 물욕을 결코 꾸짖지 않았다.

이들 책 덕분에 나의 존재가치가 30퍼센트는 인상되는 기분을 경험했다. 보는 사람마다 "와 멋있다. 정말 이런 델 갔다온 거야? 진짜 부럽다."고 말해주었다. 인사치레로 하는 말에도 눈치 없이 평가절상되는 존재인지라 나는 사람들의 부추김에 쉽게 거들먹거렸다. "이래 봬도 이런 데서 살다온 사람이야." 물욕 많은 사람들이 늘 그렇듯 내세워봐야 창피만 당할 것을 어리석게도 뻐기고 돌아다녔다. 개 머리에 언제 뿔날지 모르듯 그럴 날이 올까 모르겠지만 훗날 프랑스어를 줄줄 읽게 될 때 이 책들을 보면서 그날을 추억할 것이다.

책값으로 얼마나 썼는지 궁금하진 않으실 테지만 줄잡아 500유로가 들었다. 거금이었다. 그렇지만 다른 건 몰라도 내 존재가치를 높여주는 책은 앞으로도 과소비를 하겠다고 마음먹었다.

4. 프로방스 장바구니

프로방스의 시장에 가면 장바구니를 들고 다니는 사람을 많이 볼 수 있다. 우리의 볏집 공예품처럼 나무줄기로 엮은 그 바구니는 가볍고 질긴 데다 약간의 신축성까지 있다. 갓난아기 두 명쯤은 너끈히 넣을 만한 이 가방은 맨손으로 온 사람들을 위해 시장 바닥에 쌓아놓고 판다. 자연색 그대로 화사한 연노랑색이어서 친환경 분위기가 물씬 풍기는데 패턴을 살린 알록달록한 디자인도 제법 많이 팔린다.

세 번째 줄 맨 오른쪽 사진에 보이는 16칸짜리 서랍장이 내가 구입한 보석상자다.

유난히 밝고 따사로운 햇살 덕분에 프로방스에서는 눈에 보이는 것들의 색채가 곱고 선명하다. 녹색, 핑크색, 주황색 옷을 입은 화려한 물건들이 가는 곳마다 눈길을 잡아끄는 통에 지갑을 사수하는 데 애를 먹었다.

장보러 갈 때마다 재촉을 해댄다는 죄목으로 아내에게 '시장 동행 금지령'을 선고받은 내 입장에서 장바구니는 전혀 물욕을 자극하지 않는 물건이다. 하지만 이번에는 덥석 그것을 구입하고 말았다. 언젠가 아내가 프랑스 영화를 보다 "프랑스에 가게 되면 저런 거나 하나 사다줘. 가벼워 보이고 물건도 많이 들어가겠는데."라고 말했던 기억이 떠올랐기 때문이다.

팔불출 소리를 듣는다 해도 이 대목에서 공개선언을 안 할 수 없다. "그대는 참으로 사랑스러운 여성이어라." 프랑스에 가는 남편에게 하고 많은 명품 다 관두고 장바구니를 사다달라는 여성을 어떻게 사랑하지 않을 수 있겠는가. 정말 기꺼이 내 사랑까지 곱빼기로 담아서 그것을 아내에게 바쳤다.

"지난번에 당신이 갖고 싶다던 그거야. 노란색은 우리나라에선 너무 튀는 것 같아서 색깔 넣은 것으로 골랐어. 당신, 바게트 통째로 들고 다니는 사람만 봐도 티내는 것 같다고 그랬잖아. 어때? 디자인이 참 좋지 않아?"

아내는 아무 말도 하지 않았다. 한 가지 이상한 점은 아내가 그렇게 오랫동안 벼르고 별러 받은 선물을 전혀 사용하지 않는다는 것이다. 아끼려고 저러는 건가? 하여튼 여자 속은 알 수가 없다.

아내를 위해 사온 장바구니 가격은 16유로다. 물욕 강한 사람들이 늘 그렇듯 자기 것은 비싼 걸 구하면서도 선물용은 싼 걸로 구입한 셈이다. 좀 나은 것은 20~30유로 이상 하고 재질이 좋고 박음질이 탄탄한 것은 수십 유로에 육박하기도 한다.

프로방스를 돌아다니다 보면 정말로 사고 싶은 물건이 많다. 컬러풀한 식탁보, 센서가 달려서 인기척이 나면 맴맴 소리를 내는 벽걸이용 매미 장식, 향기와 색깔이 제각각인 비누, 점토로 구운 인형, 빛깔 고운 와인 등 물욕을 자극하는 물건 천지다. 하지만 긴 세월 월급쟁이로 살아온 덕에 지갑을 거덜낼 정도로 물욕에 휘둘리지는 않았다. 그래서 대부분을 포기하는 대신 카탈로그라도 만드는 사람처럼 사진을 수천 장 찍는 것으로 욕구를 해소했다. 한 컷 한 컷 찍을 때마다 물욕이 조금씩 줄어들 것을 기대하면서.

마지막으로 자기 변명을 좀 해도 된다면 나는 물욕보다는 아름다운 것에 욕심이 많은 사람이라고 말하고 싶다. 내가 사들인 물건 목록을 한번 보시기 바란다. 물건 자체의 사용가치나 투자가치는 낮은 대신 다 아름다운 것들이다. 지갑 사정으로 그 목록에 들지는 못했지만 내가 구하지 못해 애간장을 태운 것들 중에는 화랑에 걸린 미술품이 많았다.

물론 내가 굳이 밝히지 않은 물건을 제외한다면 말이다. 이를 테면 내 위장 속에 보관한 보석장식처럼 화려한 초콜릿, 완전히 펴면 20센티미터 가까이 되는 접이식 나이프 같은 것들.

프랑스가 '요리의 나라'라구요?

프로방스에 몇 달 살러 간다고 하자 "맛있는 거나 실컷 먹고 와."라는 사람이 많았다. "너 맛있는 거 좋아하잖아."라는 말까지 하진 않았지만 좀 뜨끔했다. 먹는 거 밝히는 놈쯤으로 보이는 건 좀 곤란하지 않은가. 그들 중에는 "프로방스는 일조량이 많아 유럽 어느 지역보다 음식 재료가 풍성하대."라며 관심을 보이는 이도 있었다. 그 말에 내 대답이 시원했다. "그러지, 뭐!"

그러지 않아도 프로방스의 전통 요리에 관한 자료를 뒤져 '프로방스에서 해야 할 101가지' 리스트에 적어놓은 터였다. TV에 나오는 맛집을 찾아다닐 만큼 극성스런 미식가는 아니지만 프랑스 현지에 간 김에 '부야베스', 쇠고기에 포도주와 각종 야채를 넣고 끓인 스튜 '도브 프로방살', 주요리에 곁들여 반찬처럼 먹거나 빵을 곁들여 먹는 야채 스튜 '라타투이' 정도는 먹어볼 작정이었다.

처음 고른 메뉴는 부야베스. 어부들이 팔다 남은 생선을 냄비에 함께 넣고 끓여먹던 것이 지금은 프로방스뿐 아니라 프랑스를 대표하는 요리가 되었다. 비린내가 적은 흰살 생선으로 육수를 우려낸 뒤 그 위에 삶은 해산물을 보태 맛을 낸다. 남자라서 음식 설명이 서툴다고 불평하는 분들을 위해 백과사전을 통째로 옮기면 이렇다.

'깨끗하게 손질한 생선을 한 입에 먹기 좋은 크기로 썰고, 알맞은 크기로 자른 게, 껍데기를 벗겨 2등분한 큰 새우, 조개류·토마토·아스파라거스·백포도주·올리브기름 등을 한데 넣고 끓이면서 소금·후춧가루로 조미한다. 따로 조개류·갈릭 파우더·타임 등을 넣어 국물을 만들어 큰 수프 볼에 담아 함께 내고, 건더기는 따로 먹을 수 있도록 빵을 곁들인다.'

"설명 때문에 더 복잡해졌네." 하실 분을 위해 간단하게 말하면 국물이 걸쭉한 일종의 생선찜이라고 보면 된다. 아구찜 원조는 마산이듯 부야베스의 원조는 마르세유다. 마르세유는 프랑스 제2의 도시이자 축구선수 지단이 나고 자란 항구도시다. 그 도시의 중심지는 구시가의 부둣가인데 그곳 주변에 수많은 레스토랑들이 몰려 있다. 맛집을 찾아다닐 만큼 호사를 누리는 여정은 아니었지만 모처럼 큰맘 먹고 스페셜 부야베스를 대령케 했다. 먼저 먹어본 사람이 다들 맛있다고 하니 망설일 이유가 없었다.

고급 향신료인 샤프론을 써서 국물은 노란색이었다. 아마 한국 사람이라면 노란 국물에서 연상되는 게 있을 것이다. 그리 먹음직스럽게 보이지만은 않을 거라고 생각한다. 음식을 내오는 갸르송^{웨이터}에게 내가 정중하게 부탁했다. "시범조교, 앞으로!!" 그러자 머리가 다 벗어진 중년의 갸르송이 고맙게도 한 마디도 알아들을 수 없는 설명을 자세하게 곁들이면서 마늘빵은 국물에 적시고, 해산물은 따로 나온 소스에 묻혀 먹으라며 손수 시범을 보였다. 그 과정에 생선용 나이프, 포크, 스푼이 동원됐다. 나는 다 알아들었다는 표정으로 팁 대신 내 손을 내밀었다.

　향? 나쁘지 않았다. 비린내만 좀 덜었으면. 맛? 역시 괜찮았다. 양념만 좀더 가미했다면. 양? 넉넉했다. 입맛이 펄떡펄떡 살아나지 않았으니까. 값? 비싸지 않았다. 다 먹기라도 했으면. 우리 음식과 비교하면? 요리사들이 2퍼센트 더 노력해야겠다. 내가 자주 가는 서울 안국동 마산해물본가의 해물찜과 해물탕을 따라오려면. 전체적인 평점은? 'Not Bad.' 먹을 만큼은 먹었으니까.
　어떤 프랑스 좀팽이가 만약 이런 평가를 본다면 따져물을지 모른다. 나라 망신시킨 그 집이 어디냐? 제대로 된 레스토랑에서 먹은 거 맞냐? 순 싸구려 음식을 먹은 건 아니냐? 하고. 아마 아닐 거다. 마르세유 식당가 한복판의 괜찮은 레스토랑에서 우아하게 차려입은 프랑스 사람들 곁에 앉아 거금 46유로를 주고 먹었으니까. 어쩌면 "네 미각이 정상이긴 한거냐?"고 인신공격을 할 수도 있겠다. 맞는 지적일지도 모른다. 프랑스인 입맛을 기준으로 삼는다면. 하지만 한국인 입맛을 기준으로 보면 프랑스인의 미각도 그리 내세울 건 아니지 싶다. 음식 대결하자는 거 아니니까 여기까지.
　음식은 그런 거다. 누천년 동안 이어져온 음식 문화는 지역마다 다르고 그 지역 사람의 유전자는 그 문화에 익숙하다. 왈가왈부할 일이 아니다. 그래서 프랑스의 유명한 타이어 회사인 '미쉐린'이 레스토랑 음식을 평가해 매년 발행하는 '미슐랭 가이드'에 한국 식당이 오르지 않아도 자존심이 상하지 않는다. 아무리 전세계인들이 함께 즐길 수 있는 음식을 찾아내서 널리 보급하는 순기능이 있다 해도. 간첩질하듯 몰래 남의 식당에 들어가 맛을 보고 점수 매기는 방식도 마음에 들지 않지만 한국 음식에 대해 잘 모르는 평가자가 홍탁과 과메기의 맛을 평가한다면 그걸 어찌 믿을 수 있겠는가.

나는 프랑스 음식과 한번 진하게 사귈 요량이었다. 여행 책자에서 음식 이름과 주문 요령을 뜯어내 틈날 때마다 수험생처럼 암기했다. 그러나 부야베스에 걷어차인 상처는 금세 회복되지 않았다. 생레미의 프로방스식 스테이크, 엑상프로방스의 아이올리, 칸의 스파게티, 디뉴의 라타투이, 니스의 햄버거, 망통의 해산물 스팀 요리, 프로방스 한참 위쪽 알프스 지역에 있는 몽블랑의 도시 샤모니의 라클레테……. 이런 것들을 먹으면서 "세봉" "그레이트" "딜리셔스"라고 중얼거리며 엄지 손가락을 세워주긴 했다. 갸르송이 지나갈 때마다 맛이 어떠냐고 물었으니까. 그러나 맛있게, 양껏, 배터지게 먹은 기억은 선뜻 떠오르지 않는다. 도리어 본전 생각이 날 때가 많았다. 그것은 요리의 나라에서 도저히 있어서는 안 되는 커다란 불행이었다.

이쯤 되면 내가 프랑스 음식에 데면데면한 이유를 집어내려는 분 있을 것이다. "양식 체질이 아니구만!" 그 말에는 알다시피 "너 촌놈이지?"란

뜻이 숨어 있다. 어쩌면 그럴지도 모른다. 하지만 나는 나름대로 양식에는 익숙한 편이다. 출장으로 유럽, 미국을 여러 차례 다녀봤고 한 달 이상 머문 적도 몇 번 있다. 부끄럽지만 미군과 밥 먹으면서 3년 간 군생활을 했고, 기자회견이다 뭐다 해서 잘한다는 양식집도 제법 드나들었다. 동료 직원과 또는 우리집 아이들과 서양식 패밀리 레스토랑의 매상도 많이 올려주는 편이다. 억지로가 아니라 즐겁게 다녔다. 이 정도 훈련으로도 '양식 체질'이 되지 않았으니 '내 탓이오.'라고 해야 하는 건가?

레스토랑에서 본전을 충분히 건지지 못한 대신 블랑제리와 파티세에 뻔질나게 드나들었다. 우리나라로 치면 파리바게뜨처럼 빵과 케이크를 파는 곳이다. '빵의 나라' 답게 블랑제리와 파티세는 프랑스 촌구석 어디에나 있는데 그곳에서 파는 빵은 값도 싸고 맛도 있었다. 단언컨대 레스토랑의 음식보다 훨씬 만족도가 높았다.

프랑스 정부가 임명하지도 않았지만 전국의 빵값과 맛을 조사하는 검사관이라도 된 것처럼 나는 가는 곳마다 블랑제리와 파티세에 들러 가격과 맛을 비교했다. 신선한 야채와 치즈로 만든 갖가지 샌드위치, 한 조각씩 파는 피자는 한 끼 식사를 해결하는 데 충분했다. 초콜릿과 과일을 얹은 수많은 종류의 빵과 케이크는 원기 회복에 최고였다.

무엇보다 마음에 드는 건 바게트다. 1유로가 채 안 되는데 우리나라로 치면 밥 같은 빵이어서 가격을 통제한대나 어쩐대나. 막대 같은 이 빵은 살짝 짠 맛이 나면서 구수하다. 처음엔 "누구 이빨 뽑을 일 있나. 치과에서 쓰면 좋겠네."라고 투덜대며 질긴 빵껍질을 탓했다. 그러나 그 껍질 덕에 속은 촉촉하다는 걸 알게 됐다. 특히 갓 구워 나온 바게트는 누가 달라기라도 할까봐 받아들기 무섭게 덥석 한 입을 베어물었다.

그냥 뜯어먹어도 좋지만 바게트는 여러 버전으로 응용했다. 햄이나 소시지를 토마토와 끼워 샌드위치를 만드는 건 기본. 거기다 마늘, 토마토, 소금 등 갖은 양념을 넣어 다진 올리브, 마을 푸줏간에서 바들바들 떨면서 구입한 푸아그라, 육질이 씹히는 훈제 오리고기 절임 등을 발라 먹었다. 더러 멸치 볶은 것과 고추장을 잼처럼 펴발라도 좋았다. 바게트가 밥이라면 이런 것들은 반찬쯤 되는 셈이다.

바게트가 내 몸속에 들어와 잘 적응하게 되면서 '치과' 타령은 싹 거둬들였다. 과거 같으면 프랑스 유학파가 "아~ 바게트 먹고 싶다."고 할 때 허세 좀 그만 부리라고 퉁명을 떨었을 것이다. 그러나 지금은 내 목구멍 밖으로 기어나오려는 바게트 찬가를 참는 것도 벅찰 지경이다.

내가 즐긴 또 하나의 인기 메뉴는 건포도빵이다. 이 빵은 뱅글뱅글 돌아가는 달팽이 모양으로 생겼다. 값은 1.5유로 안팎인데 건포도를 충분히 박아넣은 데다 그 위에 달콤한 시럽을 뿌려 입에 착착 붙는다. 케이크만큼 달지는 않으면서 크기도 적당해 한 번에 먹기 좋았다.

동네 어귀에 있는 피자 트럭은 야식의 본거지였다. 이 트럭은 블랑제리와 파티셰가 문을 닫는 저녁 나절에 나타나 끼니를 놓친 사람들에게 일용할 양식을 주곤 했다. 운전석 뒤 짐칸에 피자를 굽는 화덕과 조리대를 갖춘, 이를 테면 포장마차형 음식점이다. 대개 남정네 혼자 주문도 받고 피자도 굽는데, 트럭 바닥에 턱을 괴고 피자가 나오기를 기다리는 손님과 수다를 떨곤 했다.

하루 일정을 마치고 내 집 '카바농'으로 들어가면서 나는 가끔 그 피

블랑제리나 파티세에서 파는 케이크와 파이 그리고 고급 수제 초콜릿들. 왼쪽 줄의 버섯, 수박, 각종 과일 모양 장식품들은 놀랍게도 플라스틱이 아닌 젤리다.

자 트럭에 들렀다. 밥 사먹기도, 해먹기도 귀찮을 정도로 파김치가 될 때면 피자 한 판을 시켰다. 순대 포장마차 아줌마와도 집안의 대소사를 의논하는 내가 거기서 아무 말도 하지 않는다면 이상한 일이다.

"장사 잘 되냐?"

"오늘은 별로네. 날씨 탓인가봐."

"레스토랑으로 다 갔나보지? 좀 속상하겠는데."

"아니 별로."

"정말이야?"

"그럼. 가게 차려봐야 남는 것도 없거든."

"……."

"집세 내야지, 인건비 나가지, 세금 내야지. 난 이게 좋아."

이 정도 대화를 하고 나면 김이 모락모락 나는 피자 한 판이 튀어나왔다. 도우가 얇고 파삭파삭한 데다 방금 구워 따뜻한 피자를 집에 들고와 콜라나 와인을 곁들이면 민생고가 쉽게 풀렸다. 단돈 9.5유로였다. 한 번에 다 먹기 힘들 만큼 양도 푸짐해 이튿날 프라이팬에 식용유를 두르고 데워 또 먹었다.

그럴 때면 픽 헛웃음이 터져나왔다. 피자 한 판을 시켜놓고 치사하게 아이들과 신경전을 벌이던 내 모습이 떠올라 살짝 목이 메기도 했다. 옛말에 세상에서 가장 보기 좋은 게 두 가지 있다고 한다. 가뭄 때 제 집 논에 물 들어가는 것과 자식 입에 음식 들어가는 것. 그런데도 나는 애비답지 않을 때가 참 많았다.

가슴을 주세요, 가슴을!

앞에서 프랑스 요리를 너무 평가절하한 게 아닌가 싶어 마음이 쓰인다. TV에서 가끔 삐까뻔쩍한 프랑스 레스토랑이 내놓는 요리를 볼 때면 "어디서 순 이상한 것만 먹고 다녔나?" 하고 스스로도 의심이 들어 괜히 켕겼다. 하지만 입은 거짓말을 해도 혀는 거짓말을 못하는 법이다. 내가 왜 그렇게 프랑스 요리와 데면데면했는지 곰곰이 생각해봤더니 그럴 만한 이유가 없는 것도 아니었다.

그것은 프랑스 요리 없이도 충분히 버틸 수 있다는 자신감 때문이 아니었나 싶다. 안 죽을 만큼 굶을 수 있는 특이체질이라는 말이 아니다. 나는 한국에서 공수한 밑반찬과 양념을 내 작은 궁전 '카바농'에 쟁여놓고 살았다. 마늘장아찌, 멸치볶음, 구운 김, 볶은 김치, 순무 깍두기 같은 밑반찬에 간장, 된장, 고추장, 다시다, 심지어 참기름까지 갖춰놓았다. 때로는 그 모두와 맞먹는 '막강 화력' 라면까지 확보해둔 터라 프랑스 요리 아니라 그 할애비가 와도 내 입맛을 사로잡을 순 없는 노릇이었다. 맞선(프랑스 요리)은 보러 가지만 10년 사귄 조강지처(한국 음식)가 있었다고 할까.

거기다 한국에서 빌빌대다 퇴각한 대형 슈퍼마켓 카르푸에는 우리가 먹는 둥근 쌀과 신선한 야채가 지천이었다. 내가 살던 동네 '에귀'의 푸줏간에서는 싱싱한 생등심, 생삼겹살을 정말 싼 값에 팔아 겁날 게 없었다.

고기 얘기가 나와서 하는 말인데 나는 그것을 일부러 찾아먹을 만큼 즐기는 사람은 아니다. 그런데 어떻게 생겨먹은 뱃속인지 프로방스에서는 삼겹살이 자꾸 당겼다. 서울서 가져간 참기름 있겠다, 막장 있겠다, 소금 상추 배추야 까짓 거 쉽게 구할 수 있으니까 문제를 해결하는 것은 어렵지 않을 듯했다.

하루는 정육점에 들렀다. 어떤 장소에 처음 찾아갈 때면 늘 그렇듯이 정육점에 가기 전에도 이모저모를 생각하다 삼겹살이라는 단어 정도는 알아둬야겠다는 천재적 영감이 떠올랐다. 하지만 내가 가져간 불한사전에는 삼겹살이라는 말이 나오지 않았다. 도리 없이 한인 회장님께 정육점 사용법을 여쭤봐야 했다.

외국에서 생활할 때 가장 유용한 도구는 인사성. 정육점에 들어서면서 주인 안토니에게 "봉주르."를 날렸다. 그러자 그가 똑같은 말로 화답했다.

"봉주르, 무슈. 뭘 드릴까요?"

"가슴Poitrine이요."

"뭐라고요?"

"가슴이요, 가스음."

그러자 안토니는 C컵 정도 되는 자기 가슴에 손을 대고는 되물었다.

"가슴이라구요?"

"네."

"오케이. 누구 가슴이요? 얘요? 쟤요?"

"……."

여기서 우리의 대화는 중단됐다. 나는 어리석게도 대화란 놈이 메트로 놈처럼 왔다갔다 하는 것이라는 사실을 깜박했다. 삼겹살을 프랑스말로 가슴살이라고 부른다는 것만 알고 배짱 좋게 정육점에 들이닥친 것이다. 상대가 "얘요, 쟤요?" 하면서 내가 답할 수 없는 문제를 추가로 내줄 것이라고는 미처 생각하지 못했다. 문제는 내가 이 나이 먹도록 처먹을 줄만 알았지 돼지고기와 쇠고기의 생김새도 구분하지 못하는 반거들충이였다는 점이었다.

할 수 없이 펜을 달라고 해서 그림을 그리려는 찰나 영어가 통하는 손님이 들어왔다. 사람 인연이 참 희한해서 그는 날 보고 "남쪽이냐, 북쪽이냐?"고 묻더니 한때 대우와 거래를 한 적이 있다고 말했다. 그 덕분에 손쉽게 생삼겹살 870그램을 10.88유로에 구입할 수 있었다. 안토니도 한 시름 놨다는 듯이 양쪽 입꼬리를 올리더니 칼질을 해댔다. 내가 원하는 두께와 크기를 일일이 물어가며 고기를 자르고 납덩이로 납작하게 두드린 뒤 코팅 종이에 쌌다. 그의 손길이 날렵하고도 순조로웠다. 다시 강조하지만 나는 고기를 즐기는 편은 아니다. 그러나 그날 이후 정육점에 자주 찾아갔다. 이탈리아에서 건너온 주인장 안토니가 워낙 쾌활하고 친절해서 그와의 퍼포먼스를 즐기고 싶었다. 우리의 대화는 원초적인 느낌이 나는 가슴, 등, 목, 돼지, 소 같은 단어에 손짓 발짓으로 진행됐다. 나도 그도 즐거웠다.

재료가 좋다고 저절로 진수성찬이 되는 건 아니다. 음식 솜씨가 엉망이라면 아무리 좋은 재료도 쓸모가 없다. 그것도 걱정할 일이 아니었다. 대학 다니는 동안 자취 생활을 하면서 갈고닦은 손맛이 남아 있을 테니. 그 솜씨가 다시 살아나기만 한다면 내 프로방스 유랑은 한층 더 윤택할 것이었다.

자취를 할 때엔 어머니가 밑반찬을 져나르셨는데 가끔 국이나 찌개 끓이는 법을 직접 시범 보이셨다.

"물은 냄비 3분지 1 정도 넣어. 고추장은 한 숟갈 가득 담아서 두 번, 다시다는 숟가락 끝에서부터 3분지 1……. 국물이 자작자작해지면 그때 재료를 넣으라고."

재료와 양념의 양과 순서를 상세하게 받아적은 뒤 똑같이 따라 해도 맛이 똑같지는 않았지만 90퍼센트 정도는 다가갔었다. 회를 거듭할수록 그 맛이 점점 희석되기는 했지만.

이참에 저 20여 년 전의 기억을 되살리자! 안 되면 내 인생의 참고서 마누라에게 전화를 넣으면 될 일이었다. 그러고 보니까 장가간 뒤로는 뭘 먹기 위해 손에 물 한 번 묻히지 않았구나 하는 생각이 들었지만 '자~! 자~! 안 좋은 기억은 잊어버리자고. 반성하기 시작하면 죽을 때까지

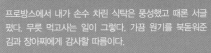

프로방스에서 내가 손수 차린 식탁은 풍성했고 때론 서글 펐다. 무릇 먹고사는 일이 그렇다. 가끔 원기를 북돋워준 김과 장아찌에게 감사할 따름이다.

해도 다 못하잖아.' 하며 나를 다독거렸다.

날이 갈수록 요리 솜씨는 살아났다. 밥에 뜸 들이는 법도 모르던(자취할 때는 전기밥솥을 썼다) 내가 누룽지까지 만들어먹는 경지에 올랐다. 된장찌개, 고추장 감자찌개, 감자볶음, 햄 구이(햄은 아무나 구울 수 있는 거니까 삭제한다)……. 자신감이 생기자 응용 단계로 넘어갔다. 단순한 계란 프라이 대신 양파와 당근을 넣어 오믈렛을 만들었고, 수프를 사다 양념을 가미해 국을 끓였다. 양념 소스의 신맛을 줄이기 위해 소금과 다시다를 넣어 스파게티도 만들었다. 그 맛은 레스토랑에서 내놓는 싱겁고 느끼한 현지식 스파게티보다 맹세코 훨씬 나았다. 막장과 기름장을 곁들인 삼겹살 구이를 놓고 와인을 홀짝거리게 되자 내 속에선 배반의 싹이 트기 시작했다. '이 참에 마누라한테서 확 독립해버려, 그냥!' 썩은 미소가 지어졌다.

나는 나날이 발전하는 내 모습에 감탄했다. 그러나 누군가는 이런 나를 보며 혀를 찰지도 모른다. 반백의 머리를 해가지고는, 되지도 않는 솜씨로 남의 입도 아니고 제 입에 넣을 걸 만드느라 허둥대는 모습이 아름답다고만은 할 수 없을 것이니까. 앉아서 천리를 보는 내 아버지는 그 모습이 다 보이시는지 안부 전화를 넣을 때면 "웬만하면 그만하고 돌아오지 그러냐?" 하셨다.

직장에 다닐 때는 더러 혼자 밥을 먹고 싶을 때도 있었다. 직장 선후배든 거래처 사람이든 그들과 밥 먹는 일이 늘 유쾌할 수는 없었다. 그런데 지금은 곁에서 누가 밥을 먹어주기만 한다면 인심 좋게 내 것의 반을 덜어 그의 밥공기에 얹어줄 수도 있을 것 같았다. 물론 김모, 이모, 박모, 정모, 최모, 백모, 장모 씨는 예외다.

군이 그리움 때문만은 아니지만 프랑스에서 사귄 친구 올리비에를 저녁식사에 초대했다. 우리 가정의 파탄을 걱정하시는 분을 위해 밝히지만 올리비에는 여자가 아니다. 식단은 내 기준에 따라 덜 자극적인 음식으로 짰다. 흰 쌀밥에 된장찌개, 감자볶음, 멸치볶음, 구운 김, 삼겹살 구이. 혹시 몰라 계란 프라이와 햄 구이도 내놓았다. 녀석은 기껏해야 빵 쪼가리나 수프 정도를 내놓을 줄 알았는지 놀라는 기색이었다. "우린 이렇게 먹는다고, 자식아."

올리비에는 밥 먹은 지 얼마 되지 않았다면서도 삼겹살을 기름장에 찍어가며 밥 한 공기를 너끈히 해치웠다. 삼겹살은 베이컨처럼 바짝 구웠다. 기름장 소스는 처음인지 "무슨 소스가 이렇게 맛있냐?"며 호기심을 보였다. 감자와 멸치 반찬도 입에 맞는 모양이었다. 뜻밖에 그는 된장과 김도 쉽게 받아들였다. '스시, 미소, 마끼' 어쩌구 하는 폼이 일식에 이미 적응한 친구였다.

거기까지가 한계였다. 한국 음식 먹는 묘기라도 부리려는 듯 올리비에가 오버를 하려고 했다. 1센티미터 길이로 썰어놓은 마늘장아찌를 만류하는데도 기어코 입에 넣더니 조용히 물을 찾았다. '말 안 해도 안다. 그 속을.' 나는 "맛이 어때?" 하고 묻고는 '우리는 이렇게 먹는다.' 는 투로 10센티미터 정도 되는 마늘장아찌를 호기롭게 씹었다. 올리비에는 그쪽에는 더이상 포크를 대지 않았다. "졌다."는 항복 표시였다.

물론 프로방스에 있는 동안 한식을 매 끼니 챙겨 먹은 건 아니었다. 꼬박꼬박 밥 지어먹고 다닐 만큼 부지런한 위인도 못되거니와 시간이 남아돌지도 않았다. 하지만 드문드문 해먹은 한식이 없었다면 병든 닭처럼 비실댔을 것이다.

사람들은 여행을 가면 현지 음식을 먹어보라고 한다. 그건 기간이 열흘 안팎으로 짧을 때나 타당한 얘기다. 이틀에 한 번 꼴로 한국 음식을 만들어 먹으면서도 어쩌다 일주일쯤 한식을 못 먹으면, 그러는 내가 밉살스러울 정도로 먹고 싶은 게 많아졌다. 동태찌개, 비빔냉면, 보쌈김치, 메밀국수, 해물찜, 자장면······. 이런 게 자꾸 떠오르기 시작하면 눈앞에 거대한 중세성, 휘황찬란한 성당, 동화 속의 마을, 시원한 해변이 있어도 우울증 환자처럼 힘이 없어졌다. 그걸 바꿔보려는 어떤 노력도 쓸데없는 짓이라는 걸 알고 있기에 앞으로도 나는 먼 길을 떠날 때면 한국 음식과 양념을 챙기게 될 것이다.

고추장과 이미자 음반으로 꾸린 배낭

짐작하시겠지만 짐을 싸면서 내가 무엇보다 중요하게 여긴 건 먹을거리다. 현지 음식맛도 맛이지만 프랑스는 외식비가 장난이 아니기 때문이었다. 프랑스에서 매 끼니를 외식으로 해결하려면 적어도 억만장자 상속녀 패리스 힐튼 같은 애가 "제발 당신을 위해 돈 쓸 기회를 주세요, 네?" 하면서 따라다니게 할 능력이 있어야 한다. 허나 패리스를 여자친구로 받아준다고 식사 문제가 다 해결되는 건 아니다. 누군가 삼시 세끼를 프랑스식으로만 해결해야 한다는 조건을 내세우면서 여행 경비와 부대비용을 전부 책임지겠다고 했더라도 나는 그 제안을 단호히 거부했을 것이다. 그건 뽀빠이에게 시금치 먹지 말고 브루투스와 싸우라는 것보다 가혹한 주문이다.

도리 없이 아내 눈치를 살피며 그 많은 양념들을 챙겨넣었다. 그러는

짐을 싸면서 상상했던 모든 풍경들을 프로방스는 하나도 빼놓지 않고 보여주었다. 아무도 없는 골목에서 중세의 풍경을 나 혼자 고스란히 즐기는 일도 그곳에선 가능하다. 사진은 라코스테의 골목길.

내 꼴이 딱했는지, 비용을 줄여주려고 그랬는지 아내는 오래 두고 먹을 수 있는 찬거리를 이중 삼중으로 포장해 내주었다. 거기서 끝났으면 좋으련만 착살맞게 진공포장 김치에 컵라면, 햇반까지 요구했다가 무던한 아내에게서 "아주 망명을 하시지 그래!"라는 핀잔을 들었다. 아닌 게 아니라 프로방스에서 한식당을 너끈히 차릴 수 있는 만반의 준비가 갖춰졌으니 받아주기만 한다면 망명을 못할 것도 없다는, 벼락 맞을 생각을 0.1초 동안 안 한 건 아니다.

프로방스에 가려고 짐을 싸기 전에 한 가지는 꼭 기억하자고 마음먹었다. 노동가요의 한 구절처럼 "내 하루를 살아도 인간답게 살고 싶다."는 것이었다. 자신을 너무 혹사하지는 않겠다고 다짐하고 또 다짐했다. "노동자면 다 같은 노동자냐."며 이런 인용을 불쾌하게 여기실지 모르지만 나도 20년을 에누리 없이 노동자로 살아왔고 앞으로 또 얼마나 더 임금노동자로 살아갈지, 그런 기회가 오기나 할지 종잡을 수 없는 중년이니 좀 봐주시기 바란다.

내가 인간답게 살고 싶다고 해서 잘나가는 동갑내기(친구들이라고 나 혼자 생각하는) 마이클 조던이나 브래드 피트처럼 초호화판으로 바깥나라를 돌아다니겠다는 건 아니었다. 겨우 100일 동안이긴 하지만 일가친척 하나 없는 외국에서 몸을 굴리려면 있을 건 다 있어야 한다는 걸 말하고 싶을 뿐이다.

있어야 할 걸 빠뜨리지 않기 위해서는 먼저 할 일이 있다. 은행을 털려고 초단위로 시간을 재서 작전을 짜는 할리우드 영화 속 주인공처럼 하루의 일정을 가능한 한 촘촘하게 머릿속에서 그려야 한다.

이를 테면 이런 식이다. 아침에 알람시계의 종소리를 듣고 잠에서 깨면 전기장판(내 거처는 난방 시설이 다소 약한 편이었다) 전원을 끈 뒤 이불을 갠다. 일단 여기까지만 생각해봐도 시계, 전기장판, 이불, 잠옷이 필요하다는 걸 확인할 수 있다.

정황 파악을 돕기 위해 그 다음 행위를 조금만 더 말씀드리면 욕실로 가서 머리를 감은 뒤 세수, 양치질, 면도를 한다. 이때도 필요한 게 한두 가지가 아니다. 샴푸, 비누, 치약, 칫솔, 면도기, 셰이빙 크림, 수건, 스킨로션 정도는 기본으로 있어야 한다. 하루 일과의 5퍼센트도 진행하지 못했는데 이 정도다.

이런 식으로 설명을 더 했다가는 책을 던져버리실 테고 그러면 순전히 나만 손해니까 큰 덩어리 단위로 말씀드리겠다. 프로방스에서 돌아다니려면 우선 가장 필요한 게 집과 차다. 집은, 이 여행이 원초적으로 가능할 수 있도록 도와주신 엑상프로방스 한인회장님이 구해주셨고, 차는 한국에 있는 렌트 회사를 통해 장기로 임대했다.

석 달 열흘 입을 옷가지도 골칫거리였다. 나로 말할 것 같으면 패션에 무신경한 편으로, 절대 옷을 밝히는 사람은 아니다. 남에게 손가락질 당할 정도만 아니면 된다는 생각에서 웬만하면 이슬람 여성처럼 위아래를 검정으로 처리한다. 피부가 검은 편이라 뭘 입어도 어울리지 않기 때문에 찾아낸 고육지책이기도 하려니와 검정색 옷은 이렇게 입으나 저렇게 입으나 비슷해서 코디네이션 스트레스가 줄기 때문이다.

다만 옷가지를 싸면서 신경을 쓴 것은 부피였다. 내게 주어진 계절이

가을과 겨울다보니 아무래도 옷 부피가 클 수밖에 없었다. 도착 시점인 10월엔 반바지와 반팔을 입고 다녀야 할 만큼 따뜻한 날도 많아 결국 세 계절 옷을 준비해야 했다. 빨래도 줄이고, 돌아올 때 짐도 덜기 위해 입다가 버려도 아깝지 않은 낡은 것 또는 평소 안 입던 걸로 골랐다.

다음은 기록할 도구다. 프로방스 여행의 최고 목표를 그 어느 누구도 이루기 힘든 '무위도식'으로 삼긴 했지만 명색이 전직 기자다보니 기록할 그 무엇이 필요했다. 나는 3킬로그램에 육박하고 15인치가 넘는 육중한 노트북을 포장했다. 사용 빈도가 떨어지면 음식을 썰 때 도마로 써도 좋을 모델이었다.

노트북을 싸면서, 무거운 걸 들고다니다 내가 허리라도 다치면 자기만 손해라고 생각할 마누라의 허점을 악용하고 싶은 마음이 생겼다. 돈 쓰는 김에 1킬로그램 안팎의 무게에 10인치 정도밖에 안 되는 넷북을 하나 장만하면 안 되겠냐고 염치없는 소리를 하려고 했던 것이다. 그러나 차마 그러지 못했다. 잘못했다가는 "날 팔든지."라는 말을 들을 판이었다.

내 아내는 사실 내게는 여러 모로 과분한 사람인데 한 가지 치명적인 약점을 가지고 있다. 자기 자신을 잘 모른다는 것이다. 돈 주고 사가기는 커녕 돈 받고 가져가래도 사람들이 거부할 거라는 사실을 전혀 눈치채지 못한다. 그래서 툭하면 그녀는 "날 팔아서 그렇게 하든지."라는 말을 내뱉는다. 나는 아내를 내다 팔면서까지 내 이익을 추구하는 나쁜 남자는 아니다. 아내 스스로 자신을 모욕하는 말을 하지 않기를 바라는 덜 나쁜 남자일 뿐이다. 그래서 나쁜 남자가 되느니 차라리 내 허리가 휘는 게 낫겠다고 판단했다.

프로방스 골목길을 걷다보면 예술품 못지 않은 간판 장식들을 만나게 된다. 일상이 곧 아름다움이다.

이런 글솜씨로 신문기자 생활 20년을 버텨낸 것을 기적으로 여기는 인간이기에 노트북만으로는 부족할 것 같아 망원렌즈까지 장착한 카메라도 챙겼다. 남들은 한 우물을 파면 뭐가 돼도 된다는데 나란 인간은 그게 안 되는 종자였다.

여차하면 무장강도에 맞설 순간에 대비해 삼각대까지 챙겼다. 아는 분은 아시겠지만 이 정도 장비면 강호동의 허리라도 삐끗하게 만들 수 있다. 이런 장비로 프로방스의 구석구석을 사진에 담으면 비실비실한 글이 어느 정도 보완될 터였다.

여기까지만 했으면 불상사가 벌어지지는 않았을 것이다. 나는 책꽂이에 꽂을 여행가이드북 《세계를 가다》 프랑스 편을 비롯해 고등학교 프랑스어 자습서 《LE FRANCAIS》, 여행회화책 《봉쥬르 프랑쎄》《불-한-불사전》 그리고 《케임브리지 프랑스사》 같은 책을 박스에 담았다. 여기에 다 적을 순 없지만 시공디스커버리 총서 시리즈 가운데 인상파 화가를 다룬 책들과 중세를 여러 관점에서 다룬 역사서, 휙휙 넘기기만 해도 기분이 좋아지는 사진 관련서를 더 담았다.

두툼한 졸저 《꽃가치 피어 매혹케 하라》도 두어 권 챙겼다. 물론 나는 내가 쓴 책을 보며 싱글벙글대는 나르시스트는 아니다. 다만 내 책을 주면서 "나 이런 사람이요." 하고 명함을 대신할 수는 있을 것이라고 판단했다.

정말 여기까지만 했어도 불상사는 일어나지 않았을지 모른다. '음악 없이 사느니 죽음을 달라.'고 말한다면 과장이겠지만 음악을 포기할 수

없었다. 프랑스 음악이야 현지에서 실컷 들으면 되니까 모차르트 시리즈
와 파바로티 CD를 정성스레 작은 박스에 담기 시작했다. 한국말을 하기
도, 듣기도 쉽지 않을 테니 모국어로 된, 가장 한국적인 CD도 골랐다. 그
러나 이거다 싶은 음반이 보이지 않았다. 듣는 사람의 내장까지 뽑아올
리는 장사익 CD 정도가 눈에 들어왔다. 그의 음반은 레퍼토리가 부족해
우리 시대의 진정한 디바 이미자 선생의 두 장짜리 히트곡 모음집까지
알뜰히 챙겼다.

"헤일 수 없이 수많은 밤을/ 내 가슴 도려내는 아픔에 겨워/ 얼마나 울
었던가 동백아가씨/ 그리움에 지쳐서 울다 지쳐서~."

우리 이모 또래인 이미자 씨의 노래를 평소에 즐기지는 않지만 프로방
스 벌판을 달리면서, 아찔하게 흐르는 여인네의 허리선 같은 그녀의 목
소리를 듣는다는 상상을 하자 짜릿한 흥분을 느꼈다.

그러나 어찌 된 일인가. 추가요금을 지불하면서 별도 박스까지 만들어
수화물을 부쳤으나 마르세유에 도착했을 때 그것들을 담은 짐은 보이지
않았다. 파리행 에어프랑스가 파리 샤를 드골 공항을 경유해 마르세유에
도착하는 여정이었는데 비행기 연계 시간이 빠듯했는지 내 짐 하나를 빠
뜨리고 말았다. 하지만 걱정하지 않았다. 에어프랑스가 어떤 항공사인
가. 네이버 백과사전을 봤더니 지금도 맞는 통계인지 모르지만 '국제선
승객 운송은 세계 3위, 국제 항공화물 운송은 4위를 기록하고 있으며, 세
계 제2위의 항공기 정비제공업체이다.' 라고 적혀 있다. 간단히 말하면
그 잘난 프랑스의 국영항공사란 뜻이다.

나는 선진국에 방문한, 선진국을 갈망하는 나라의 여행자답게 마르세유 공항 에어프랑스 연락사무소에서 공손한 태도로 분실신고서를 작성하면서 다소 비굴하게 "내 목숨을 좌우할 귀중한 물건이 들어 있는 짐이다."라고 호소했다. 그들은 음반이 내 생명과 어떻게 직접적으로 관계가 있는지를 반신반의하면서 선물 하나를 내놓았다. 칠칠맞지 못하게 물건을 잃어버리는 나 같은 사람을 위로하는 차원에서 미리 준비해둔 세면도구 세트였다. 그제야 이런 일이 자주 발생하는구나 하고 생각했다. 그때만 해도 "이거나 먹고 떨어져라."식 분위기는 아니었다.

이튿날 잃어버린 그 물건을 되받았다. 그러나 음반과 선글라스와 책을 담은 작은 박스는 없었다. 전화로 상황을 설명하자 에어프랑스 상담원은 경쾌한 어조로 조금만 더 기다리면 좋은 소식이 갈 거라고 했다. 그러고는 꿩 구워먹은 소식이었다.

다시 30여 킬로미터나 떨어져 있는 마르세유 공항 사무실로 가서 6유로라는 거액의 주차비를 내가면서 도착 당일 분실신고를 접수한 사람에게 상황을 설명했지만 그는 두 어깨를 들어올리며 미안한 표정을 실감나게 연기할 뿐이었다.

이쯤에서 내가 물러선다면 고객의 물건을 끝까지 찾아주려는 에어프랑스의 자존심에 흠이 될 테니 국제전화를 걸어 한국 에어프랑스 지사에 자초지종을 말해주었다. 그러자 손해배상을 해주겠다면서 잃어버린 물건의 가격을 적어보내라고 했다. 그 태도 또한 마뜩잖았지만 최소한의 양심은 있구만 하고 양보하려 했다. 그러나 그 잘난 프랑스의 국영항공사는 음반 같은 것은 보상할 수 없다는 회신을 보내왔다. 그게 규정이라

는 것이다. 우리 같은 세계적인 항공기를 이용하려면 그 정도는 숙지하
고 있어야 한다는 투였다.

　순전히 짐을 많이 가져간 내 잘못 탓에 이미자 씨의 노래를 프로방스
에서 듣는 짜릿함은 결국 누릴 수 없었다. 아직까지도 내 방 CD장은 모
차르트와 파바로티 음반을 잃어버린 탓에 가운데 이빨이 빠진 것처럼 컴
컴하다. 그래도 더이상 에어프랑스에 악감정을 갖고 있지는 않다. 분노
는 그것을 갖고 있는 자를 황폐하게 만든다지 않는가.

내 마음은 와인에 젖고

좋은 와인으로 위를 채우면 / 발자크보다 지식이 넘쳐나고 /

피블락보다 예지에 넘쳐난다 / 얄미운 코사크 사람 같은 건 /

한 손으로 맞서서 / 남김없이 휩쓸어줘 /

삼도천을 건널 때 / 배에서 늘어지게 자볼까 /

염라대왕을 배알할 때도 / 소심하게 벌벌 떨지 말고 /

담배나 한 대 권해볼까

|프랑스의 민요|

차를 타고 가다보면 차창으로 그 동네 냄새가 후욱 끼쳐올 때가 있다.
시골 출신 아니랄까봐 군불 땔 때 나는 연기 냄새를 맡으면 그렇게 좋다.
프로방스 시골 동네를 달리면서도 그 냄새를 자주 맡았는데 그럴 때마다

프로방스의 시골길을 달리다보면 도처에서 포도밭을 볼 수 있다. 화강암 산악지대의 마을 앞에 키 작고 뚱뚱한
포도나무들이 열매를 내려놓고 긴 휴식에 들어갔다.

내가 프로방스가 아니라 고향에 내려와 있나 하는 느낌이 들곤 했다.

프로방스에서 고향 생각이 나도록 후각을 쑤셔대는 냄새가 또 하나 있었다. 포도 향기였다. 정확하게 말하면 포도주가 발효되는, 좀더 쉽게 말하면 포도가 썩는 냄새.

스무 살 시절에는 그 냄새가 지겨웠다. 여름방학이면 지금의 내 또래였던 아버지와 나는 포도 과수원에서 기다시피 했다. 삼복 더위에 뙤약볕은 쏟아지고 포도덩굴 때문에 한 줄기 바람도 통하지 않는 포도밭은 성능 좋은 자연 사우나였다. 비 오듯 땀이 흐르는데 허리를 펴지 못한 엉거주춤한 자세로 포도송이를 자르고 그것을 리어커 상자에 담아 옮기고 마지막에 트럭으로 들어올리는 게 내 일이었다.

그때 내 어머니도 가게 문을 닫아걸고 과수원으로 파견 근무를 나왔다. 그는 과수원 일 중 가장 중요한 포장 담당이었다. 포도송이를 정밀검사한 뒤 크기대로 분류해 등급별로 담는 일인데 껍질 위에 쌓인 분이 닦이지 않도록 하자면 손놀림이 섬세해야 한다. 덜 여물거나 껍질이 터진 포도알을 커다란 양동이에 따로 담는 것도 그의 몫이었다. 주스나 통조림용으로 모아놓은 포도알은 금세 달콤 시큼한 냄새를 풍겼다. 그 좋은 향기가 그때는 우리 밭 옆에서 썩는 두엄 냄새 못지않게 거슬렸다. 스무 살이나 먹고도 나는 과수원보다는 술집과 당구장이 더 좋았다. 노동의 의미와 부모의 희생 같은 덕목은 안중에 없는 철부지였다.

프로방스는 평야든 구릉이든 산자락이든 어디나 포도밭 천지다. 품종이 서로 달라서 그런지 늦가을에도 어떤 밭은 파르스름한 잎에 포도송이

엑상프로방스 인근에 있는 샤토 몽토론(아래). 늦가을에도 굵은 포도송이를 달고 있다.

를 달고 있었고 어떤 밭은 건포도 같은 쭈그러진 송이만 남긴 채 누런 단
풍이 들어 장관을 연출했다. 아침저녁으로 그런 밭 사이로 난 길을 따라
운전하다보면 포도주 익어가는 냄새가 차창으로 안개처럼 스며들어 내
생각을 흐트러놓았다.

　　내 마음은 와인에 젖고는 해요. My heart is drenched in wine
　　하지만 당신은 내 마음 안에 있어요, 영원히. But you'll be on my mind, forever

　노라 존스의 노래를 흥얼거리며 운전하던 어느날 그 냄새에 홀려 길
옆의, 이름도 없는 샤토로 차를 몰고 불쑥 들어갔다. 5년 전 프랑스 와인
을 취재하러 갔을 때처럼 상황이 긍정적으로 전개돼야 할 텐데……. 기
대 반 걱정 반이었다.
　당시 나는 세계적으로 유명한 와인 산지인 프랑스 남서부 지방의 보르
도에서, 그것도 생테밀리옹에서 기자생활 중 최고로 뿌듯한 순간을 보냈
다. 생테밀리옹은 루이 14세가 '신들의 넥타'라고 불렀을 만큼 맛 좋은

와인을 생산하는 곳이다. 한국 유학생 부부의 안내로 '프리미에 그랑크 뤼 클라세' 등급, 그야말로 초특급 와인을 생산하는 '샤토 안젤뤼스'를 방문했다. 샤토 주인의 친절한 딸 위베르 양과 함께 코코아향과 산딸기 향이 커피 볶은 향과 섞여 있는 듯한(위베르양의 평가) 와인을 마셨다.

"포도나무 한 그루에 열다섯 송이를 달게 합니다. 질을 높이기 위해 여덟 송이는 제거하고 일곱 송이로만 와인을 만들지요. 나뭇잎 숫자까지 통제합니다."

위베르 양은 국가기밀이라도 누설하는 것처럼 조용히 설명했다. 순간 '우리 아버지는 도대체 뭘 하고 계시는 거야?' 란 생각이 들었으나 그 자리에서 바로 거둬들였다. "그러는 너는?"이라고 하시면 할 말이 하나도 없었기 때문이다.

그때 포도를 선별하는 컨베이어 벨트, 대형 발효용기, 수백 개의 오크통 따위를 다 봤으니 프로방스 촌구석의 간판도 없는 이 샤토에서 뭘 얻겠다는 생각은 없었다. 샤토 영내로 들어서자, 이마가 포도밭 고랑 같고 머리카락이 포도덩굴처럼 얽힌 촌부가 차에서 내리는 나를 길 잃은 개보

듯 쳐다보았다.

"봉주르, 무슈!(안녕하세요. 아저씨.)"

"······.(어디서 굴러온 개뼈다귀야, 이거.)"

'나 같은 촌놈들은 프랑스에서도 다 이렇게 무뚝뚝하구나.' 싶어 사전을 펼치면서 떠듬떠듬 말을 만들었다.

"와인을 만드세요?"

"······.(보면 몰라. 너는 눈도 없냐?)"

화강암 벽과 이야기하는 것 같았다. '그래 좀 놀랐을 거야, 동양인을 처음 보는지도 몰라.' 나 자신을 달래면서 한 번 더 말을 걸었다.

"와인을 맛볼 수 없나요?"

"······.(네가 뭔데? 가게 가서 사먹어.)"

화강암벽보다 더 강고한 철벽에 말을 거는 듯한 좌절감이 몰려왔다. '어떻게 여길 빠져나가지? 이미 모양은 다 빠졌고. 옳거니, 길 잃은 개가 되면 되겠구나.'

"살롱 드 프로방스가 어느 방향이에요?"

"······.(짜식, 진작 그렇게 나올 일이지. 빨리 꺼져.)"

그는 땅에 받치고 있던 삽을 들어 서쪽을 가리켰다. 그제야 그 삽이 애초부터 개를 내쫓는 도구였다는 걸 알았다.

그날 이후 나는 그 넓은 프로방스의 포도밭을 지나다니면서도 샤토에는 두 번 다시 들어가지 않았고 와인은 가게에서 사다먹었다. 대개는 10~15유로짜리 와인이었는데 어쩌다 5~6유로짜리도 있었다. 가능하면 바코드는 찍히지 않은 것들로 샀다. 그것들은 대량 판매용이 아니어서,

즉 그런 판로를 거치지 않아도 품질이 좋아 잘 팔린다는 얘기를 들었기 때문이다. 초대받은 집에서 가끔은 프로방스 지역의 이름 있는 와인인 '샤토뇌프 뒤 파프^{Chateauneuf-du-Pape}'와 '지공다스^{Gigondas}'와 멀리 부르고뉴에서 건너온 것도 얻어마셨다.

나 홀로 집에 머물 때면 가끔 홀짝홀짝 와인을 마셨다. 시장에서 사다 놓은 포마주를 자르고 소시지도 얇게 저며 안주로 삼았다. 그게 떨어지면 마른 멸치로 대신했다. 전문가들은 멸치는 맛이 너무 강하다며 레드카드를 뽑아들겠지만 내겐 그리 나쁘지 않았다.

나는 와인 병을 무슨 전리품처럼 모았다. 북한군 장성의 가슴팍에 주렁주렁 달린 훈장처럼 빈 병이 늘어나자 '내가 프로방스에 오긴 온 거구나.' 하는 느낌에 뿌듯해졌다. 하지만 육감적이네, 기품 있네, 강직하네, 어쩌네 하는 식으로 와인 맛을 평가할 수 있는 능력은 생기지 않았다. 수십 년 동안 맥주를 마셔왔으면서도 맛의 차이를 구분하지 못하는 내 둔한 혀를 고려하면 당연한 일이었다.

거기다 내 혀는 술 중에서 특히 와인에 잘못 길들여져 있었다. 그걸 와인이라고 해도 되는지 모르겠지만, 고등학교 때 한국 토종 와인을 마신 뒤 파라다이스를 경험한 일이 있었다. 성적이 한참 모자라는 주제에 무슨 상일꾼이라고 친구 집에 울력을 나갔을 때였다. 친구 형이 포도와 설탕만 넣고 숙성시킨 포도즙 원액을 내밀며 새참 삼아 한 잔씩 마시라고 했다. 그것은 말하자면 인류가 최초로 발견한 술과 비슷한 버전이었다. 어찌나 달콤하고 향긋하고 진한지 그 자리에서 몇 잔을 들이키고는 헤롱대다가 이튿날 귀가했다.

타국의 쓸쓸한 밤, 와인은 적당이 품위를 지켜주면서도 아쉽지 않을 만큼
취하게 만들어주는 친구였다.

그때 함께 술을 마시고 뻗었던 고등학교 친구들에게 나는 미리 프로방스행을 선포하지 않을 수 없었다. 내 근황을 모르고 있다가 "요즘 어떻게 지내냐?"라고 물어오면 "어어~. 뜻한 바 있어서 그냥 놀고 있어."라고 아무렇지도 않게 대꾸할 용기가 없었다. 내가 프로방스로 간다고 하자 친구들은 "우리를 대표해서 와인이나 실컷 마시고 와라."고 말하면서도 "야, 정말 괜찮겠냐? 그렇게 앞뒤 대책 없이 떠나도. 그래도 부럽긴 하다."며 용기를 북돋워주었다. 놈들과는 끝난 연봉과 아파트 평수로, 요즘은 아이들 성적을 놓고 30년 전의 경쟁관계를 은근히 유지하고 있던 터였다. 이런 말을 혹시라도 듣게 되면 친구들은 "너, 그런 거였어?" 하면서 짐짓 허탈한 척 웃을 것이다.

나이 마흔이 다 되어서 들락거리기 시작한 와인 바도 와인의 맛을 감별하는 훈련을 하기에 마땅한 장소는 아니었다. 1, 2차를 하거나 폭탄주를 실컷 돌려마셔서 혀는 물론 뇌까지 마비된 채 마지막 코스로 가곤 했으니까. 그래서 와인만 먹으면 머리가 아프다는 유언비어를 퍼뜨렸다. 와인 모독죄에 유언비어 유포죄까지 보태 가중처벌을 받아 마땅한 사람이 바로 나다.

식당개 3년이면 라면을 끓인다고 했다. 프로방스에 머문 지 두 달이 됐을 때쯤 '균형 잡혔다'는 맛은 이런 게 아닐까 짐작할 정도가 됐다. 그렇게 달지도, 시지도, 쓰지도, 텁텁하지도 않은 맛을 어느 정도는 알게 된 것이다. 그것은 값비싼 와인보다는 보통 수준의 와인을 마셔봤기 때문이 아닐까? 어쩌면 여러 품종을 섞어서 만드는 프로방스 와인에 길들여진 결과일지도 모르겠다.

술꾼이 아니다보니 와인에 얽힌 얘기를 그리스 신화처럼 장엄하게 표현할 수 없어 아쉽지만 보졸레 누보 얘기는 하고 가야겠다. 보졸레 누보는 프랑스 부르고뉴 주의 보졸레 지방에서 매년 그해 9월에 수확한 포도를 숙성시킨 뒤, 11월 셋째 주 목요일부터 출시하는 포도주다. 한국의 신문과 방송들이 보졸레 누보 출시를 앞두고 대대적으로 관련 내용을 보도하기에 본토 프랑스에선 얼마나 요란할까 궁금했다.

마침 프로방스를 한창 싸돌아다니던 시기였다. 그런데 일부러 피해 다닌 것도 아니건만 보졸레 누보를 알리는 광고 현수막은 눈 씻고 찾아도 보이지 않았다. 나는 보졸레 누보 출시 당일인 11월 셋째 주 목요일 칸에 있었다. 아무 일 없이 이렇게 이날이 지나가서는 안 될 것 같아 해변 근처의 레스토랑에 들어갔다. 그러나 메뉴 어디에서도 보졸레 누보를 알리는 내용은 찾지 못했다.

갸르송을 불러 "오늘 보졸레 누보 날 아니냐?"고 물었다. 그는 '뭘 그런 걸 물어보냐.'는 표정으로 시큰둥하게 "맞다."고 대답했다. 그뿐이었다. 마실 거냐고 되묻지도 않았다. '아니 이 사람들이 정말! 해도 너무 하는 거 아냐? 한국에선 이날을 얼마나 대단하게 대접하는지 알기나 해?'

오기가 생겨 6유로 하는 보졸레 누보를 한 잔 시켰다. 발효 즉시 내오는 것이어서 과일향이 풍부하고 이때 아니면 일년 뒤에나 마실 수 있는 술이라지 않은가. 코끝을 담그듯 잔을 기울여 향을 맡고는 보졸레 누보 마시는 방식에 맞게 한 모금을 벌컥 마셨다. "원래 이런 맛인가?" 시어빠진 주스 맛이 났다. 한국에서도 몇 번 보졸레 누보를 마셔봤지만 이 정도

그해 수확한 포도로 만든 와인 '보졸레 누보' 출시를 기념하는 파티가 열렸다. '와인의 나라' 프랑스에서는 보졸레 누보를 대단찮게 여기는 것 같았다. 칸의 이웃 도시 주앙 레 팡에서 가까스로 파티 현장을 볼 수 있었다.

로 실망스럽지는 않았다.

그날 밤 나는 칸에서 방을 못 잡아 재즈 페스티벌로 유명한 인근 도시 주앙 레 팡으로 갔는데 거기서 보졸레 누보의 현장을 잡게 됐다. 그럼 그렇지, 지성(무엇을 위해서인지 모르지만)이면 감천이라지 않은가. 그 현장은 역시나 와인 가게였는데 내가 애타게 찾던 광고 현수막도 내걸었고 오크통을 꺼내 탁자도 마련해놓았다. 음악을 크게 틀어둔 채 사람들은 쇠고기 스튜 같은 안주를 놓고 보졸레 누보를 마셔댔다. 내가 사진을 찍어도 되냐고 하자 얼큰하게 취한 그들은 행복해 죽겠다는 듯한 포즈를 취해주더니 내게도 한 잔을 권했다.

며칠 뒤 장을 보러 카르푸에 가서야 산처럼 쌓아놓은 보졸레 누보와 만났다. 가격은 3~4유로였다. 6유로를 주고 한 잔 마신 것이 억울해 한 병을 사들고 나왔지만 끝내 그것을 다 마시지 못했다.

프랑스에 있는 동안 다양한 와인을 마셔보는 게 남는 거다 싶어 식당에 갈 때마다 나는 와인을 한두 잔 시켰다. 자가 운전을 해야 하는 신세여서 많은 양을 마실 수는 없었다. 그래도 물을 돈 주고 마시는 것보다 훨씬 경제적이라는 생각이 들었다.

와인에 다소 싫증이 날 때였다. 마르세유 부두 앞 바에서 저녁 파티가 열렸다. 프로방스의 '전형적인 것'을 내게 소개해주고 싶어 안달이 나 있던 올리비에가 파스티스를 권했다. 파스티스는 찬물에 섞으면 막걸리처럼 뿌옇게 흐려지는 술이다. 향료로 쓰는 아니스의 냄새가 진하고, 약간 달콤하지만 알콜 도수가 높다. 옆자리에 있던 친구들은 "그러지 않는 게 좋을 텐데." 하는 표정으로 일제히 고개를 가로저었다. 그러면서도 내가 어떤 선택을 하는지 호기심 어린 눈으로 지켜봤다.

처음엔 주스를 마시는 것 같았다. 그러나 두 잔째를 다 비웠을 때쯤 말이 많아지기 시작했다. 한심한 수준의 영어가 유창해지는 것 같았다. 다 닳아 없어졌던 자신감도 충전되었다. 프로방스로 놀러왔다고는 하지만 그동안 순간순간 긴장했고 그래서 늘 충분히 마실 수 없었다. 그날 파스티스에 이어 화이트 와인과 맥주까지 뒤섞으면서 모처럼 제대로 망가졌다. 모르는 사람들과 만나 되지도 않는 수다를 실컷 떨었고 마르세유의 터프하고도 아름다운 여성에게서 뺨 인사하는 법을 이론 편에 이어 실전

편까지 다 배웠다. 그게 다 친절한 친구 올리비에가 있어서 가능한 일이었다. 그날 밤 그는 내가 선심쓰듯 건넨 차키를 받아들고 기꺼이 대리 기사 노릇을 해주었다.

프로방스에서 돌아오면서 나는 와인 한 병 들고 오지 않아 친구들에게 야박하다는 소리를 들었다. 노르망디를 거쳐 파리까지 들러온 내 여정을 모르고 하는 소리였다. 그래서 속으로 이렇게 말했다. 억울하면 나처럼 회사 관두고 프랑스에 갔다 오든지.

프로젝트 넘버 원 '뭉개기'

프랑스의 위대한 소설가 발자크는 카페를 '민중의 의회'라고 말했다. 멋있는 말이다. 이런 말을 놓고 곧이곧대로 '카페는 민주주의의 온상'이네 뭐네 하면서 뜻풀이를 할 마음은 없다. 그저 '프랑스 사람들이 카페에 많이 가는구나' 하면 그만이다. 제1차 세계대전 전까지만 해도 프랑스에 카페가 50만 개나 됐다니 하는 말이다.

인상파 화가들이 파리 몽마르트르의 카페 '게르부아'에서 미술사의 혁명을 도모하고 사르트르가 '카페 레 되 마고'에서 실존을 붙들고 씨름한 것도 그래서 새로울 게 없다. 그들이 거기 아니면 어딜 갔겠는가? 기껏해야 다른 카페로 갔을 것이다.

카페와 관련된 말 중에 내 귀에 그럴싸하게 들리는 말이 없는 건 아니다. "프랑스인들은 카페에 가기 위해 카페에 간다."는 말이 그것이다. 나는 "산은 산이요, 물은 물이다."처럼 하나마나한 말을 싫어하는데 이 말은 다르게 다가왔다. 나는 그 말을 비틀어 "카페에 가기 위해 프로방스에 간다."는 말을 하곤 했다.

"하루 종일은 너무 지겨울 테니까 점심시간부터 저녁 때까지 이 카페 저 카페 옮겨다니면서 뭉개는 거야. 아무것도 안 하면서. 이 카페에선 샌드위치, 저 카페에선 커피, 그 다음 카페에선 맥주, 그 다음엔 와인 한 잔 시켜놓고 마냥 앉아 있는 거야. 사람 구경하면서."

프로방스 여행의 베이스캠프로 엑상프로방스를 고른 것도 어느 정도는 카페 때문이었다. 엑상프로방스에는 도로를 따라 길게 늘어선 플라타너스가 터널을 만드는 미라보 거리 Le Cours Mirabeau가 있다. 그 거리를 따라, 그 거리 뒤쪽 골목으로 한 집 건너 카페들이 줄지어 있다. 인도 한복판까지 테이블을 차려놓은 카페에서 따뜻한 햇볕을 받으며 담소를 나누는 그곳 풍경 사진을 본 순간, '여기다!' 란 생각이 들었다.

이렇게 말하니까 카페 예찬론자라도 되는 것 같지만 한국에 있을 때는 그러고 싶어도 못했다. 건더기 하나 없는 커피나 콜라 같은 음료수를 마시고 내 노동을 팔아 힘겹게 번 월급을 함부로 축내는 걸 좋아하지 않기 때문이다. 누구나 그렇게 생각하겠지만 내 노동은 고귀한 것이라고 스스로 의미를 부여했다. 커피값이 한 끼 식사비를 훌쩍 넘어선 순간부터 카페는 기피 공간이 되곤 했다. 상대가 편안한 후배일 때는 카페에 들어가느니 차라리 던킨 도너츠나 파리 바게트에 데리고 가서 빵을 사주는 게 훨씬 마음 편했다.

엑상프로방스의 야외 카페. 자유와 평화와 여유와 권태와 고독의 냄새가 한데 뒤섞이는 공간이다.

그런 사람이었는데도, 프로방스에 도착해 내가 맨 처음 찾아간 곳은 미라보 거리의 카페였다. 엑상프로방스 도심의 상징인 로통도 분수를 뒤로 하고 왼쪽으로 길게 늘어서 있는 노천 카페는 사람들로 바글바글했다. 그들이 홀딱 벗고 있는 것도 아닌데 눈길을 거둘 수 없었다. 오래 전부터 보고 싶었던, 그러나 특별할 것도 없는 풍경이 내 앞에 펼쳐져 있었다. 그것만으로도 프로방스에 올 가치가 있다고 생각했다.

당장이라도 그 속으로 풍덩 뛰어들 수 있었지만 그러지 않았다. 풍경 속에서는 풍경을 제대로 감상할 수 없는 법이잖은가. 나는 카페 건너편 인도에 있는 돌의자에 앉아 가만히 그 광경을 지켜봤다. 그러고는 셔터를 눌러대기 시작했다.

프로방스에서 해야 할 일 가운데 우선 순위에 꼽히는 저 위대한 프로젝트 '카페에서 뭉개기'를 하루에 해치우고 싶지는 않았다. 두고두고 천천히 음미하며 진행해야 할 일이었다. 나는 카페에 들르기 위해 툭 하면 엑상프로방스로 나갈 일을 만들었다. 영리하게도 책, 지도, 라디오, 카메라 부속장비를 한꺼번에 구입하지 않고 하나하나 따로따로 사서 나갔다. 작은 볼일을 보면서 이빨도 닦고 신문도 보는 용의주도한 나만의 스타일을 과감하게 포기한 것이다.

'뭉개기' 프로젝트를 진행하는 데 가장 중요한 원칙은 생각을 버리는 것이다. 이론적으로 말하자면 '멍 때리는 것'이요, 쉬운 말로 하면 '무념무상'이다. 그러나 무념무상은 그 얼마나 지난한 과업인가. 사실 '뭉개기'란 하루를 일년같이 치열하게 살아도 버텨내기 힘든 삶, 쉬어도 쉬는

게 아닌 삶을 살아야 하는 우리나라 사람들에게는 특히나 적응하기 힘든 일이었다.

그래서 생각을 지우면서 뭉개기를 할 때는 반드시 알아둬야 할 비법이 있다. 내 앞에 있는 하나의 대상에 시선을 박는 것이다. 앞에 보이는 알파벳 하나, 앞사람 콧구멍, 땅에 떨어진 담배꽁초도 좋다. 그게 좀 싫증나면 손등의 수많은 주름을 빠뜨리지 않고 세어본다. '이게 지금 뭐하는 짓이지.' 하는 회의만 막을 수 있으면 집중하는 데 최고다.

나는 카페만 들어서면 '멍 때리기' 작업에 열중하기 위해 자세를 잡았다. 선글라스를 깊이 당겨쓰고 최대한 거만한 느낌이 나도록 엉덩이를 빼 걸터앉았다. 마침표를 찍듯 팔짱도 꼈다. 그렇게 손을 결박하지 않으면 몇 분 못 가 책이나 지도를 꺼내들고 펜으로 뭔가를 끄적이기 십상이다. 진짜로 10분이 채 못 돼 팔짱은 저절로 풀어졌다. 자유로워진 두 손이 좀전에 찍은 사진을 정리하려고 카메라를 꺼내거나 다음 행선지 정보를 보겠다고 가방을 뒤지는 걸 막을 도리가 없었다. '멍 때리기'는 그만큼 힘든 프로젝트다.

그럼에도 그 프로젝트를 한동안 진행할 수 있었던 것은 프랑스 말을 전혀 알아듣지 못했기 때문이었다. 생각해보시라. 이런 대화가 귀에 들어오면 멍 때리기가 가능하겠는지.

"너도 알지? 나 뒷담화 싫어하는 거. 우리 팀장 자기 승진턱 낸다면서 부서 회식비를 쓰더라니까? 차라리 안 먹고 말지."

"야 그 정도면 양반이다. 우리 부장은 더 속물이야. 자기 고과 점수 잘 받으려고 부원들 실적 가로채는 거 있지?"

물론 대화도 대화 나름이다.

"애 지난번에 산 T팬티 있잖니? 그거 입은 걸 남친에게 보여줬다. 그랬더니 걔가 야수가 되는 거 있지. 좋아 죽더라고. 너도 한 번 시도해봐."

"어제 정말 힘들어 죽는 줄 알았다. 왜긴 왜야. 내 여친 한 덩치 하는 거 알지? 근데 T팬티 입고 교태를 부리더라. 속 거북해 혼났다, 아주."

이런 대화까지 놓치는 건 안타까운 일이지만 그 역시 내 프로젝트를 가로막는 방해꾼일 터였다.

역시 노력은 성공의 어머니라는 말이 맞았다. 나는 오랜 훈련을 거쳐 '멍 때리기' 최고의 경지에 도달할 수 있었다. 그것은 바로 망상의 나라 속으로 미끈하게 빠져드는 것이었다. 집중력이 고도로 높아질 때만 가능한 경지라서 자주 그런 상태에 도달하지는 못했다.

그중에 내 마음을 가장 설레게 한 것은 내 앞자리에 앉은 여인이 주인공으로 등장하는 망상이었다. 눈두덩을 짙게 칠한 그녀가 몸에 착 달라붙는 울wool 원피스를 입은 채 슬로비디오 버전으로 다가와서는 보란 듯 상체를 숙이며 이렇게 말하는 것이다.

"한가한 거 같은데 우리 집에 가서 나랑 레슬링이나 한 판 하면 안 되겠니?"

망상치고는 좀 딱하다 하실 분 계시겠지만 다른 버전도 있으니 들어보시라. 좋은 놈과 나쁜 놈이 벤츠와 BMW를 타고 추격전을 벌이다 내가 앉아 있는 카페 테이블로 짓쳐 들어오는 상황이 벌어진다고 상상하는 것이다. 과일이 뻥튀기처럼 사방으로 튀어오르고 테이블과 의자가 비둘기

나는 카페에 가기 위해 프로방스로 갔다. 카페에서 사람들은 인생을 토론하고 고독을 즐기며 사랑을 고백한다. 나는 한가롭게 망상 속에서 허우적거렸다. 그것으로 충분했다.

떼처럼 날아오르는 순간이 온다. 그러면 나는 슬로비디오 버전으로 차를 피해 다이빙을 하듯 땅바닥으로 몸을 던지는 것이다. 한창 이런 생각에 빠져 있을 때 실제로 오토바이가 굉음을 내면서 지나가기도 했다. 그럴 때면 신경이 곤두서면서 몸을 날려 점프하고 싶은 욕구가 발바닥을 간질였다. 내 몸이 무거웠기에 망정이지 20대처럼 날렵했다면 카페 손님들에게서 우레와 같은 박수를 받았을지도 모른다. 그들은 이렇게 내게 찬사를 보낼 것이었다.

"미치려면 곱게나 미칠 것이지, 저 나이에 프로방스까지 와서 뭐 하는 짓이래."

카페에 앉아 생을 찬미하노라

　　프랑스 사람들이 카페를 좋아한다고 하니까 거기서 무슨 특별한 걸 할수 있냐고 궁금해하는 사람이 있을 것이다. 하기야 옛날에는 도박이나섹스 같은 것도 가능했다고 하는데 그런 곳엔 가보지 못했다. 카페를 샅샅이 뒤지지는 않아서 장담할 순 없지만 어느 나라나 변태 영업을 하는곳은 있으니 그런 곳이 아주 없다고는 단정할 수 없겠다. 독자 여러분께서 알려주시면 그곳 탐방기를 다음 책에서 써볼 의향이 없지 않으니 연락 주시기 바란다.

　　일단 지금은 내가 본 것만 쓸 수밖에 없는데, 프랑스인들이 카페에서하는 일이란 고작 수다 떠는 것뿐이다. 소주잔만한 컵에 담은 에스프레소가 다 식어빠질 때까지, 달랑 한 잔 시켜놓은 맥주에서 김이 다 빠질 때까지 '톡톡 톡 톡'만 했다. 나처럼 혼자 오는 사람은 신문을 펼쳐들거나

오가는 사람을 멍하니 구경할 따름이다.

앞에서 말했지만 나는 그저 뭉개기 위해 카페에 갔다. 고작 그 일을 하려고 카페 유래까지 뒤져서 찾아다니고 싶진 않았지만 엑상프로방스의 저 유명한 카페 '뒤 갸르송Deux Garcon'은 예외였다. 뒤는 둘, 갸르송은 소년·청년·웨이터란 뜻이다. 화가 세잔에 대해 쓰자면 그가 단골로 다녔던, 200년 넘은 이 카페를 빠뜨리는 건 예의가 아닐 터였다.

그 카페는 커피값이 옆집보다 1~2유로로 더 비쌌다. 하지만 그 돈이 아깝지 않을 만큼 맛이 깊었다. 유서 깊은 곳답게 카페 홀은 오래된 그림으로 노르스름한 벽을 장식해놓았다. 비오는 날에는 운치 있었고, 맑은 날에는 좀 칙칙해 보이기도 했다.

아쉽게도 '뒤 갸르송'에는 뭉개기를 하는 데 치명적인 방해 요소가 있었다. 그 정체는 바로 흰 와이셔츠에 검정 조끼와 바지를 입은 '갸르송'이었다. 그들은 손님에게 반드시 호감을 주고야 말겠다는 듯한 표정으로 테이블 사이를 생쥐처럼 쉴새없이 돌아다녔다. 가만히 앉아 그들의 동선을 따르자니 탁구공처럼 눈동자가 왔다갔다 했다.

그들은 뜨거운 잔을 들고 전력 질주하다시피 했지만 손님을 불안하게 하지는 않았다. 왼손에 받쳐든 쟁반은 수평선처럼 절대 안정을 유지했고 손놀림은 발레리나처럼 유연했다. 저절로 프로페셔널이란 말이 떠올랐다.

《나무를 심는 사람》으로 유명한 소설가 장 지오노의 고향 마노스크에서였다. 싱그러운 카페 풍경에 발걸음이 멈춰섰다. 10대 후반쯤 되는 청

세잔이 단골로 드나들었던 카페 뒤 갸르송(위)과 툴롱 오페라 극장 맞은편의 노천 카페.

고대 로마 유적지가 풍부한 도시 님의 원형경기장 밖 노천 카페(위). 반 고흐가 그려서 유명해진 카페. 내가 갈 때마다 손님이 없어 한적했다.

춘남녀가 눈발이 날리는데도 맥주와 콜라와 커피를 각자 시켜놓고는 야외 카페에 앉아 놀았다. 얼굴은 얼어서 발그레하고 어깨는 양쪽 끝이 닿을 만큼 접혀 있었지만 그들은 허연 안개를 뿜어내며 깔깔댔다. 어찌나 보기 좋던지 내 나이도 생각하지 않고 흉내고 싶은 마음만 간절했다.

마르세유에서 65킬로미터 동쪽에 있는 항구도시 툴롱에서 그럴 기회가 왔다. 기왕 하는 거 제대로 하자 싶어 진눈깨비 날리는 날 우아한 오페라 극장을 마주한 채 노천광장 카페에 앉았다. 커피 곱빼기를 시켜놓고 있는데 마침 날씬한 다리를 X자로 꺾은 채 담배를 피워무는 주근깨 아가씨가 눈에 들어왔다. 솔직히 말하자면 그녀 앞에 일부러 가서 앉은 것이었다.

나는 우연을 믿는 멍청한 인간은 아니지만 그녀가 잠시 정신이 이상해져서 망상 속의 여주인공처럼 내게 다가올 가능성이 있을지 점을 쳤다. 이성에게 결코 제 몸을 아끼지 않는 바다 사나이처럼 바닷가 아가씨도 화끈한 구석이 있다면 승산이 전혀 없을 것 같지는 않았다. 하지만 뼛속으로 은근히 파고드는 바닷바람을 견디지 못했다. 그녀가 일대일 레슬링 결투를 신청하기도 전에 자리에서 일어났다. 결국 이튿날 감기에 걸려 생고생을 했는데 "고거 샘통이다." 하실 독자께는 미안한 마음이다. 이틀 밖에 앓지 않았다.

프로방스에서 탐나는 것 중 하나는 해변 카페다. 요트의 돛대가 빼곡하게 서 있는 마르세유의 부두, 맨발을 모래에 묻을 수 있는 칸 비치, 코앞까지 파도가 튀는 망통의 해안도로, 최고급 요트가 정박해 있는 생트로페 해변에는 어김없이 카페가 펼쳐져 있었다. 그 카페에서 3~4유로짜리 커피 한 잔을 시켜놓고 툭 트인 지중해를 오래도록 바라보고 있으면 "슬픈 목소리로 나에게 말하지 말라 인생은 한낱 꿈일 뿐이라고"로 시작하는 롱펠로의 시 〈인생예찬〉을 읊조리게 된다.

카페에 앉아 있다 보면 시간이 맞아떨어져 핏빛 저녁 하늘을 볼 때도 있었다. 너무나도 행복한 나머지 미쳐버리는 사람이 있다면 그건 바로 그 순간의 나였을 것이다. 하지만 이상하게도 그럴 때마다 꼭 아내 생각이 간절해졌다. 커피 한 잔 시켜주지 않아도 이곳에 있는 것만으로 행복해할 텐데…….

풍광이 특별하게 좋은 지중해변이 아니더라도 프로방스 지역엔 유독 야외 카페가 많다. 일조량이 유럽 그 어느 곳보다 풍부한 데다 햇볕이 닿으면 오르가슴을 느끼는 피부구조라도 갖고 있는지 이곳 사람들은 착살맞게 햇볕을 밝혔다. 테이블을 가게 밖으로 안 끌어낼 수가 없는 것이다. 그게 광장이든 인도든, 행인들은 하는 수 없이 카페가 펼쳐놓은 테이블 사이를 걸어가야 한다. 고대 로마 유적이 잘 보존돼 있는 님Nimes에서도 나는 원형경기장 주위의 인도를 점령한 카페 테이블에 백기를 들고 투항해버렸다. "커피나 한 잔 하고 가시지. 세상 곧 무너질 것도 아닌데."라고 누군가 귓가에 속삭이는 듯했다.

야외 카페가 나를 붙든 이유 중 하나는 세련된 장식 때문이다. 장식이라고 해야 방석 한 개 크기의 테이블에 개성 있는 보를 깔고는 냅킨과 와인 잔을 세팅해놓는 게 전부다. 그런데 그게 예술이다. 테이블은 아무 말 없이도 사람들을 불러앉혔다.

카페 탁자는 캔버스다.
추상과 풍경과 인물을 그려놓았다.

야외 카페가 우리나라에서도 하나 둘 등장하고 있어서 반갑지만 프로방스 분위기를 내는 건 어렵지 않을까 싶다. 유럽의 도시와 달리 우리 도로는 너무 넓고 그 길을 큰 차들이 씽씽 달리며 소음과 매연을 뿜는다. 거기다 인도는 사람 지나다니기조차 버거운 형편이고 햇볕에 얼굴 그을리는 걸 병적으로 두려워하는 사람들이 많아 야외 카페가 번창하기는 힘들 것이다.

프로방스 지역을 벗어난 얘기라 거시기하지만 엑상프로방스에서 북쪽으로 500킬로미터 떨어져 있는 알프스 인근 도시 앙시Annecy의 카페는 아름다움이 도를 넘었다. 알프스에서 내려온 물이 성질 급하게 흐르는 수로 곁에 카페가 주욱 늘어서 있는데 하나하나가 다 작품이다. 하루 동안 일 없이 카페를 세 곳이나 들어간 건 거기가 처음이다. 그렇게 하지 않으면 관광객의 예의에 어긋난다는 소리를 들을 것만 같았다. 카페를 열 생각이 있는 분, 실내장식을 하는 분들이라면 그곳에 한번 가보시기 바란다. 마음 놓고 사진 찍어도 저작권 어쩌고 하는 사람 없으니 인테리어 아이디어 얻기에 그만이다.

프랑스 카페는 300년 동안 정치 토론장, 시 낭송장, 미술 전시장, 도박장, 매춘굴, 휴식처 기능을 했다고 한다. 그런 전통의 공간에서 내가 한 것은 '멍 때리기' 훈련뿐이다. 누군가는 고작 그거냐고 할 것이다. 하지만 홀로 멍청해져 뇌를 쉬게 한 일이야말로 프로방스에서 누린 가장 사치스런 호사 중 하나다.

나는 지금도 테이블 여섯 개를 내놓은 마르세유 인근의 해안 휴양도시

카시스의 어느 야외 카페를 생각한다. 바짓가랑이 사이로 스며든 바람이 내 몸 전체에 소름을 만들고, 잔잔한 파도에 몸체를 좌우로 뒤뚱거리는 요트를 보며 기분 좋은 멀미를 느끼던 그 순간을.

색과 빛에 무릎 꿇을 지어다

이곳의 자연은 더할 나위 없이 아름답다! 어디에서나 하늘의 둥근 지붕 밑은 모두 눈부신 파랑이고 태양은 맑은 유황빛을 찬란하게 비추지. 너무 부드럽고 사랑스러워서 마치 베르메르 그림 속의 천상의 파랑과 노랑의 조합 같아 보이지. 그렇게 잘 그리지 못하겠지만 나는 너무나 사로잡혔다. 그래서 어떤 규칙도 생각하지 않고서 하고 싶은 대로 하고 있지.

'태양의 화가' 빈센트 반 고흐는 동생 테오에게 보낸 편지에서 이렇게 환호했다. 술과 담배로 건강을 해친 고흐는 햇빛과 싼 생활비를 찾아 프로방스의 아름다운 도시 아를로 내려온 터였다.

누구나 내가 너무 빠르게 그린다고들 생각할 것이라고 미리 이야기해두

고흐가 입원했던 생폴드모졸 수도원 입구의 고흐 조각상(왼쪽)과 그의 작품 '아이리스'.

마. 우리를 끌어주는 것은 자연에서 느끼는 진지한 감정이 아닐까? 이런 감정이 너무 강할 때도 있겠지. 어떻게 하고 있는지도 모른 채 그림을 그려 나갈 정도로 말이지.

고흐는 자신의 말마따나 아를에서 생활했던 15개월 동안 자그마치 200여 점에 달하는 유화를 남겼다. 물감 튜브를 짜먹고, 자기 귀를 자르는 발작을 거듭하는 와중에도 왕성한 작품활동으로 자기만의 독자적인 예술세계를 구축했다.

프로방스 대지의 풍요로움에 황홀감을 느낀 고흐는 "내 눈앞에 있는 것을 똑같이 재현하기보다는 나 자신을 강하게 표현하기 위해 색채를 주관적으로 사용한다."고 말했다. 그는 풍경을 들판, 나무, 집, 산 같은 것으로 묘사하지 않았다. 노란색, 파란색, 붉은색, 녹색 그리고 이들 색조들이 모여 창조해내는 결과를 한 편의 드라마처럼 표현했다. 혼자 감당

고흐는 수도원 앞에 펼쳐져 있는 올리브 나무들을 캔버스에 담았다.

할 수 없는 외로움과 불가사의한 정신적 혼동이 충돌하면서 생긴 광기가 프로방스라는 낯선 풍경과 만나 강렬한 색과 형체를 창조한 것이다.

누군가 "고흐처럼 정신 나간 사람 눈에나 프로방스가 멋있게 보인다는 거 아냐?" 하고 말할까 겁난다. 나는 고흐와 같은 과로 분류되기는 싫다. 그래서 고흐와는 같은 구석이 한 군데도 없어 보이는 야수파의 거두 마티스를 끌고 와야겠다. 니스에서 수십 년 동안 활동한 마티스는 고흐처럼 가족이 없는 것도 아니었고 물감 살 돈이 없어서 쩔쩔 맬 정도로 가난하지도 않았다. 자기가 추구하는 예술세계를 확실하게 인식한, 냉정하고 지적인 사람이다.

그런 그도 작열하는 지중해의 햇살 아래 자신을 재충전하면서 말했다. "나는 현혹당했다. 모든 것이 빛났다. 모든 것이 색이었고 빛이었다." 색채를 주관적으로 현란하게 사용한 야수파의 우두머리다운 말이다. 결국 마티스는 겨울이면 우중충한 날씨가 계속되는 북프랑스보다 일을 곱절은 할 수 있을 것 같다며 프로방스에 짐을 풀었다.

　내가 프로방스로 떠나기로 한 건 어느 정도는 화가들 때문이기도 했다. 엑상프로방스가 고향인 세잔을 비롯해 모네, 르누아르, 샤갈, 레제, 피카소, 시냐크, 뒤피 등 이루 헤아릴 수 없을 만큼 많은 화가들이 프로방스를 찾았다. 이들 중에는 프로방스에 뼈를 묻은 사람도 많다.

　프로방스에서 마냥 놀기만 하면 거시기해서 나는 그림과 화가들의 발자취를 따라다니기로 마음먹었다. 고독과 광기와 열정에 사로잡혀 작품을 생산한 고흐, 류마티즘 때문에 손가락 사이에 끈으로 붓을 고정시켜 그림을 그린 르누아르, 프로방스 곳곳을 돌아다니며 조각과 도예로 예술 세계를 넓힌 피카소, 두 차례의 망명생활을 겪은 뒤 넓은 화실이 딸린 집을 구해 유쾌하고도 난해한 환상의 세계를 화폭에 담은 샤갈, 수많은 점으로 프로방스의 눈부신 풍광을 재현한 폴 시냐크 등의 삶과 예술을 만나러 다녔다. 그걸 여기서 다 소개할 순 없어서 다음번 책으로 엮어내려고 한다.

　여기서 세잔 얘기는 안 하고 넘어갈 수가 없는데 프로방스에서 생활하는 동안 그는 일부러 피하려 해도 피할 수 없는 화가였다. 내가 자주 들락거렸던 세잔의 고향 엑상프로방스는 그를 알뜰하게도 우려먹었다.

　"시민 여러분! 여기가 세잔의 고향이란 걸 한시도 잊으면 안 됩니다. 세상 사람들은 엑상프로방스를 세잔과 생트 빅투아르의 고장으로 기억하니까요. 생트 빅투아르도 세잔이 그려서 세계적으로 유명해진 산이란 걸 아셔야 합니다. 세잔 없으면 우리는 굶어죽을지 모릅니다. 아셨죠? 다

엑상프로방스에는 근대 회화의 선구자 세잔의 흔적이 곳곳에 남아 있다. 생트 빅투아르 산을 그리기 위해 세잔이 자주 갔던 레 로브(위)와 그가 살았던 대저택 '자드부팡'.

같이 따라해보세요. 세잔 만세, 만세, 만세!"

　물론 이렇게 노골적인 방식으로는 아니었지만 엑상프로방스는 세련되게 세잔을 숭배했다. 그의 생가와 아틀리에, 그가 걸었던 길을 연계하는 관광상품을 만들고 지명과 상호는 물론 도심의 지하 주차장 유리창까지 그의 그림으로 도배했다. 우리 지방자치단체가 충분히 베껴먹어도 좋을 아이디어였다.

　나는 세잔의 아틀리에가 있는 언덕길을 조금 더 올라가면 닿을 수 있는, 생트 빅투아르 산이 삼각형처럼 보이는 레 로브Les Lauves에 열 번은 갔다. 시시각각 변하는 산의 모양을 세잔이 화폭에 담던 곳이나. 그곳에는 세잔이 같은 지점에서 그린 서로 다른 생트 빅투아르 모습을 게시판처럼 세워두었다. 나도 세잔의 입장이 되어보겠다는 심정으로 그 자리에 이젤을 펴고 물감을 꺼내 붓으로 그 모습을 담는 대신 카메라를 꺼내 망원렌즈로 수천 컷을 찍어댔다. 세잔이 설정한 앵글 그대로였다.

　세잔은 엑상프로방스에서 40킬로미터쯤 떨어져 있는 마르세유 인근의 해안가 마을 레스타크L'Estaque에도 자주 갔다. 바다의 반사광 효과가 살아 있는 풍경이 아름다웠기 때문이다. 그는 레스타크를 두고 "이곳의 햇빛은 정말 기가 막힙니다. 모든 물체가 마치 실루엣으로 축소되어버리는 느낌입니다."라고 말했다.

　세잔이 레스타크에서 그린 그림 자료를 챙겨들고 나도 그곳으로 갔다. 예상했던 대로 세잔이 그림을 그리던 당시 풍경과는 많이 달랐다. 갈 때마다 관광안내소는 철통같이 문을 닫아걸었다. 할 수 없이 몸으로 때우

기로 했다. 나는 신장개업 전단지를 돌리는 사람처럼 세잔의 그림을 행인에게 들이밀면서 말했다.

"봉주르. 여기가 어딘 줄 아세요?"

커다란 카메라 가방에 자료집을 든 내가 '도를 아세요?' 류의 사람이 아니란 걸 확인하자 중년 남자가 "어디 좀 봅시다." 했다. 그러고는 동행한 여성과 한참 동안 난상토론을 하더니 합의를 봤다는 듯 손으로 가리켰다. 여성은 곁에서 '거기가 확실하다.'는 표정으로 고개를 끄덕였다. 그 귀찮은 일을 그들은 피하지 않았다. 다음 휴가지를 결정하는 즐거운 고민거리쯤으로 여기는 듯했다.

내 나이에 이역만리까지 가서 그림의 현장을 확인하려는 모습은 납득하기 어려운 구석이 있을지 모르겠다. 비록 미술 담당 기자를 몇 년 했다고 하나 그림에 미쳤다고 할 만한 열정의 소유자는 아니었기 때문이다. 그렇다고 미술을 전공한 것도 아니다. 어떻게 보면 초등학교 고학년부터 20여 년 동안은 미술과 담을 쌓고 원수처럼 지냈다. 손재주 없는 나 자신에게 실망했고 그것을 되새겨주는 미술은 가급적 피했다. 그림을 그리는 것이야말로 말을 배우듯, 글자 쓰는 법을 익히듯 오랜 훈련을 거쳐야 가능하다는 것을 그때는 몰랐다.

"선을 그어라. 많은 선을 그어보는 것이 중요하다. 실물을 보고 그려도 좋고, 기억으로 그려도 좋다."

인상파 화가 드가에게 이런 말을 해준 고전주의 화가 도미니크 앵그르 같은 인물이 내 곁엔 없었다. "그런 말을 해주는 사람이 있었으면 드가

니스의 국립현대미술관(위)과 생트로페의 아농시아드 미술관.

'미술의 고장' 답게 프로방스 지역의 도시에서는 벽면 전체를 그림으로 장식한 건물을 심심찮게 볼 수 있다. 위 사진은 몽펠리에, 아래는 마르세유.

같은 화가가 될 수 있었다는 말이냐?"고 따지진 마시길. 그저 그렇다는 얘기다.

　다 늦은 나이에 주책맞게도 미술평론가로 유명한 이주헌 선배에게 "그림 그리는 걸 배우고 싶은데 어떻게 하면 되냐?"고 물은 적도 있다. 빼어난 글솜씨와 학구적 태도로 미술책 분야의 스테디셀러를 꾸준히 생산해 내는 그는 미술을 전공한, 실기와 이론을 두루 갖춘 이다.

　그러나 그는 실망스럽게도 "그냥 그리세요. 그리고 싶은 대로."라고, 하나마나 한 대답을 내놓았다. 그러면서 "알잖아요? 그림이라는 게 사진 찍듯 현실을 그대로 베끼는 게 아니라는 거."라고 나를 일깨웠다. 우문에 현답이었다. '열정은 알겠으나 그 나이에 미술을 하는 게 쉽겠냐'고 그는 예상했을 것이다.

　그래도 그의 처방전에 따라 데생을 한달시고 한동안 끄적였다. 그 결과가, 두 살배기가 똥싸놓고 제 손으로 뭉개놓은 형상을 벗어나지 않는다는 것을 확인하고는 방향을 틀었다. 2호짜리 크기의 캔버스를 사다가 바로 채색 작업에 들어갔다. 나처럼 데생조차 안 되는 사람들이 하다하다 안 되면 '귀의' 하는 장르가 있지 않은가. "그래, 회화의 대세는 100년 전부터 추상화잖아. 마음대로 그려놓고 그럴싸한 상념을 갖다붙이면 되는 거지. 그것도 안 되면 몬드리안 풍으로 컬러풀한 직사각형이나 몇 개 그려도 좋고."

　그런 꼴이 가당찮기도 하거니와 한심해 보였는지 아내는 짜증을 부렸다. "저 캔버스들 어떻게 할 거야? 갖다 버려, 말아? 쓰지도 않으면서 자리만 차지하잖아. 괜히 물감 값만 날리고." 한 마디도 대꾸할 수 없었다.

르누아르가 말년을 보낸 카네쉬르메르의 기념관 앞뜰 조형물.

미술에 얽힌 한을 풀지 못해 나의 유럽 여행은 늘 미술관 기행이 되어갔다. 파리, 런던, 뮌헨, 마드리드, 바르셀로나, 피렌체, 빈, 암스테르담 같은 대도시는 말할 것도 없고 자잘한 소도시를 갈 때도 미술관부터 들렀다. 프로방스에서 착실맞게 그림 현장을 찾아가고, 미술관을 수시로 방문했던 것도 그런 이유에서였다. 그리지 못하는 대신 보는 걸로라도 한을 풀자는 속셈으로. 그러고 보니 카메라에 집착하는 것도 미술을 향한 그리움 탓이 아니었나 싶다. 그림처럼 사진을 찍으라는 말 즉 그림의 구도로 사진을 찍으라는 말에 위로를 받기도 했다. 그 열정이 얼마나 갈지 모르지만.

프로방스에서 미술관과 갤러리를 돌아다니는 동안 한참 잠잠했던 병이 도졌다. 그림 걸 만한 공간이 모자라는 집에 살면서 또다시 아트 포스터를 구입하기 시작한 것이다. 니스, 생폴드방스, 루마랭에서 10~15유로짜리 아트 포스터를 8점이나 사고 말았다. 그걸 걸려면 재벌 회장님 집이라도 빌려야 할 판이다. 미처 액자를 끼우지 못한 그림이 집에서 이리저리 굴러다닌다는 걸 뻔히 알면서도 지갑을 열지 않을 수 없었다.

프로방스에선 그 강렬한 태양과 그림 같은 경치 때문인지 풍경화가 눈에 가장 잘 띄었다. 경치를 과장된 원색으로 화려하게 그려놓은 그림은 생동감이 넘쳤다. 색으로 승부를 보려 했던 야수파의 기운이 그대로 배어났다. 빨강 노랑 부분에 손가락을 대면 '지지지직' 소리가 나면서 탈 것 같았고, 파랑 원색에 손을 대면 찬 기운이 심장을 얼게 만들 것 같았다. 그림의 느낌이 강하면 강할수록, 풍경이 아름다우면 아름다울수록 내 손을 향한 증오는 커져갔으나 어찌 하겠는가, 잘라버릴 수도 없고.

마르세유의 무명 화가가 창고 같은 작업실을 활짝 열어 놓았다(위). 생트로페(가운데), 엑상프로방스(아래) 어디라고 할 것 없이 프로방스에서는 길거리 화가들을 볼 수 있다.

미술관에 갈 때면 꼬마들이 안방에서처럼 미술관 바닥에 앉아 명화를 감상하는 수업이 보기 좋았다. 니스, 엑상프로방스, 마르티게스 등의 미술관에서는 마치 학부형이라도 된 것처럼 알아들을 수 없는 그 수업에 귀를 기울였다. 교사는 아이들이 자기 의견을 말하게 하면서 정답을 찾아가도록 수업을 이끌었다. 그럴 능력이 되는 교사가 있어야 가능한 수업이었다. 그것을 보면서 우리나라 아이들의 뛰어난 미술 실력에 새삼 경의를 표하고 싶어졌다. 소 떼처럼 우르르 몰려다니며 1초에 한 작품씩을 소화해내는 아이들이라면 한 작품을 놓고 20~30분을 보내는 프랑스 아이들 정도는 경쟁 상대가 되지 않을 터였다. 아이들도 아이들이지만 그런 수업을 전혀 힘들이지 않고 진행하는 선생님들도 참 대단하다. 그런 현장을 아는지 모르는지 교육과학기술부의 높으신 분들은 21세기형 인재를 키워내느라 예술 교육에는 무관심하다. 디자인이 제품의 질보다 훨씬 더 경쟁력 있는 시대에 살면서도 말이다.

프로방스에서 내 감각 중 가장 호강한 것은 시각이다. 화려하고 우아하고 아름답고 세련되고 깔끔하고 아기자기한 것들을 실컷 봤다. 눈은 포만감을 느끼지 못하는지 아무리 봐도 질리지 않았다. 보면 볼수록 보고 싶었다. 그런 것들을 나처럼 잠깐이 아니라 태어나서 죽을 때까지 보는 프로방스 사람들은 그 고마움을 모를 것이다. 어쩌면 그들은 이렇게 말할지도 모른다.

"아름다움, 그게 뭐 별 건가요? 공기처럼 당연하게 우리 곁에 있는 거 아니에요?"

3장
햇 빛 쏟 아 지 던 날

그곳에는 푸릇푸릇한 아이들이 있었다.
그들에게서 내 아이들을 보고 싶었다.
갈수록 서먹해지고 있지만 아이들은 누가 뭐래도 내 인생 최고의 업적이다.
무슨 일을 한들 그보다 더 완벽한 성과물을
내 힘으로 만들어낸 수 있을 것이라고는 생각하지 않는다.
그렇다면 그들에게 최선을 다해야 할 텐데 결코 그렇지 못했다.
사실 고3씩이나 된 아이를 위해 내가 할 수 있는 건 많지 않다.
그저 곁에 있어주는 것만이 내가 할 수 있는 최선이리라.
그러나 그마저도 못한 불량 아빠가 되고 말았다.

생물학 모르면 프랑스는 지옥

잘난 척 하는 건 아니지만 나는 심장이 어디에 붙어 있는지도 모르는 사람이다. 여러분은 아시는지 모르겠다. 학교 다닐 때 복덕방 주인처럼 '좌심방, 우심실' 하면서 암기한 적은 있지만 지금은 내 쪽에서 봤을 때 그렇다는 건지, 반대 편에서 봤을 때 그런 건지도 잘 모르겠다. 심장의 위치를 모르고도 여때껏 잘 살고 있으니 몰라도 그만인 게 아닌가 싶다. 이렇게 몸에 무신경한 내가 프로방스를 돌아다니면서 관심을 갖게 된 몸 부위가 있으니, 방광이다. 쉽게 말해 오줌보. 말의 뉘앙스가 거시기하니 앞으로 '보' 라고 하겠다.

'보' 는 어떤 점에서 심장보다 특별하다. 심장은 지가 다 알아서 하고 저 혼자 잘 뛰어논다. 하지만 보는 다르다. 주인이 잘 다스려줘야 한다. 그런데도 생물 시간을 허랑방탕하게 보내는 바람에 성인 남성의 방광 용량이 600밀리리터 그러니까 작은 콜라병355ml 두 병이 채 안 된다는 걸 알지 못했다. 이런 정보는 단언컨대 '다 알아서 해주는' 심장이 하루 평균약 10만 번 뛴다는 사실보다 훨씬 더 값지다.

왜냐하면 보를 잘못 관리할 경우 멀쩡한 다리가 꼬이고 나아가 삶까지 꼬이게 되기 때문이다. 그게 반복되면 신경이 쇠약해지고 나중엔 경범죄를 저지르게 된다. 죄명을 여기서 굳이 노상방뇨죄라고 밝힐 필요는 없을 거 같다. 이런 걸 40년 넘게 모르다가 큰 돈 들여가며 프로방스에 가서 제 몸으로 배웠다. 몸에 무신경했던 대가를 톡톡히 치른 셈이다.

프로방스뿐 아니라 프랑스 곳곳을 다니면서 힘들었던 것 중 하나를 꼽으라면 '보'를 관리하는 일이었다. 보를 비워줄 장소와 타이밍을 찾는 게 생각처럼 쉽지 않았다. 도심 아니라 시골 동네에서도 공중화장실 찾는 건 정말 하늘의 별 따기다. 오랜 역사를 가진 '늙은 유럽' 답게 빈 땅이 드물 테니 공중화장실 같은 걸 새로 짓는 일은 쉽지 않을 거다. 건물에서도 화장실 찾는 게 장난이 아니다. 어쩌다 현대식 건물에 들어가도 화장실 없는 곳이 많았다. 화장실이 내게 몸의 중요성을 가르쳐주려고 일부러 숨는 건 아닐까 의심할 정도였다.

사정이 이렇다 보니 그 짧은 다리를 해가지고는 쭉쭉 뻗은 패션모델처럼 X자 걸음을 걸을 때가 많았다. 그러다 장마철 소양강 댐처럼 터지기 일보 직전까지 간 일도 적잖았다. 화장실을 찾다 찾다 할 수 없이 다른 지역으로 황급히 차를 몰고가기도 했다. 인적 드문 곳이면 어디로든 갔다. 실제로 프로방스 북쪽 소도시 포카퀴에Forcalquier에서 그랬다. 언덕

꼭대기의 교회가 왕관처럼 보이는 아름다운 이 도시에서 화장실 찾느라 생고생을 했다. 실례를 무릅쓰고 카페라도 들어갈 생각이었는데 길바닥 개똥만큼이나 흔한 카페도 그날 따라 영업을 하지 않았다. 할 수 없이 차를 몰고 시 외곽 지역으로 나가다가 대형 슈퍼마켓을 발견하고는 뛰어 들어갔으나 거기서도 화장실은 보이지 않았다. 결국 시가지 전투를 하는 병사처럼 지형지물을 둘러보다가 인적이 드문 근처 카센터에다 한국적 벽화를 그려주고 말았다. "아~ 정말 이 도시 너무한다."라고 혼잣말을 하면서, 정나미가 떨어져 그 길로 옆 도시 뤼스로 이동했다. 이게 말이 되는 소린가? 두세 살이면 다 떼는 것을 나이 40 중반의 나이에 쩔쩔매는 꼴 말이다.

문제는 문명인답지 않은 행위를 할 때 따라와야 하는 창피함 대신 결코 바람직하다고 할 수 없는 쾌감이 생겼다는 점이다. 나쁜 짓 할 때의 아슬아슬한 쾌감 같은 것이라고나 할까. 다행히 폐쇄회로 TV가 프랑스 방방곡곡에 깔려 있지는 않았다. 내 은밀한 행위가 그것에 포착됐다면 내 이름은 알카에다 테러리스트처럼 입국 금지대상자 리스트 맨 윗자리에 오를지도 모를 터이다.

나는 몇 차례나 곤경을 겪고도 '보'의 수위를 조절하는 노력을 게을리했다. 보의 용량을 탐구해 어떤 주기로 몇 번 방류를 해야 하는지 알아냈어야 하지만 번번히 까먹었다. 평소에 그걸 '正' 자까지 써가면서 계산하는 사람은 많지 않은 법이다. 그렇다고 실험실 비커를 구해 일회 방출량과 방출 주기를 기록할 수도 없는 노릇이었다.

EAU NON POTABLE

프로방스 내내 마주쳤던 곱고 화사한 문들을 보며, '이 문이 화장실 문이면 얼마나
좋을까' 하고 생각한 적이 몇 번이던지!

혹시 필자처럼 정보가 부족한 독자들을 위해 의학 상식을 적어두면 이렇다. 낮에 깨어 있는 동안은 4~6회, 밤에 자는 동안은 0~1회, 많아도 하루 총 열 번 이내로 작전을 수행하는 게 정상이다.

하는 수 없이 집을 나서기 직전에는 물론이고 충분히 채워지지 않은 때에도 화장실만 눈에 보이면 '나 이곳에 왔다 가노라.' 하고 영역 표시를 해두었다. 그러나 프로방스 생활이 한 달, 두 달이 지나도록 수위 조절 장치는 제대로 작동하지 않았다. 속으로 '내 용량이 원래 작은 건지 몰라.' 하고 스스로를 달랬다. 그런데 뒷맛이 개운치 않았다. 아파트 평수가 작거나 아이큐가 낮아 주눅드는 것과는 다른 차원이었다.

급기야 한국-프랑스 두 나라의 '보'에 대해 탐구해보기로 했다. 40대 중반의 가장에, 회사에서 간부 노릇을 한 사람이 마땅히 갖춰야 할 호기심이 발동한 셈이다. 비교 대상으로는 변호사인 올리비에와 그의 친구 스테판을 낙점했다. 물론 양국 남성의 용량을 재기 위해 수술대에 오를 필요까지는 없었다. 두 친구가 마르세유의 티피컬한^{전형적인} 풍경 그러니까 관광객은 못 보고 지나치는 곳을 보여주겠다고 제안해온 것이다. 생트 빅투아르 수도원과 생 니콜라 요새를 비롯해 300년 역사를 자랑하는 과자가게, 마르세유 바닷가 작은 마을과 고급 주택가를 돌아다니는 여정이었다. 오후 한나절을 함께 다니다보면 녀석들의 용량을 알 수 있을 터였다.

우리는 캐러멜도 씹고 샌드위치도 깨물며 수다를 떨었다. 입이 뻑뻑할 텐데 녀석들은 신기하게 음료는 입에 대지 않았다. 이번 실험이 엄정하게 치러지기에 더없이 좋은 조건이었다. 기특한 놈들 같으니라구. 나 역시 그 조건을 두말없이 따랐음은 물론이다. 지네끼리 시시껄렁한 대화를 나누다 더러 내게도 입 뗄 기회를 주면서 그렇게 두어 시간을 보냈다. 아니나 다를까, 서서히 머릿속 저 깊은 곳에서 가느다란 예고음이 들려왔다. 수위 조절을 하라는 엄중한 명령이었다. 하지만 녀석들은 두 나라의 운명이 걸린 그 대결을 전혀 의식하지 않는 듯했다. 결국 다음 목적지인 마르세유 교외의 바닷가로 출발하기 직전 항복을 선언하고 말았다.

"투알렛 어디 있을까? 이 근처에."

"내가 아는 곳은 없는데. 조금 참으면 안 될까?"

조금만 참으면 세상에서 가장 큰 소변기 앞에 데려다줄 텐데 하는 표정이었다. 아무 의미 없이 하는 말이었지만 왠지 내겐 "무릎 꿇어!"라는 소리로 들렸다.

"나 급한데."

"할 수 없지. 그럼, 저기 카페라도 가자."

녀석들은 카페 주인장에게 '보도 짧은 놈이 참을성도 없다.'며 나를 소개하고는 내 몸속의 댐을 열 수 있도록 양해를 구했다. 예정에 없는 커피를 한 잔씩 시킨 놈들은 그새 주인장과 친해져 수다를 떨고 있었다. 정작 그들 자신은 모르는, 상대를 제압한 승자의 여유가 부러웠다. 그렇게 완패를 당하고도 용량 부족을 인정하기 싫었다. 남자답지 못하게, 여행객이 낯선 지역에서 갖게 되는 '신경성 긴장' 탓으로 돌렸다.

프로방스를 여행하는 동안 물을 많이 마시면 몸에 좋다는 의학 상식을

한국인과 프랑스인의 인체를 비교하는 실험에 적극 동참해준 스테판(왼쪽)과 올리비에. 석양이 지는 마르세유 바닷가에서.

거스를 수밖에 없었다. 물을 충분히 마셔서 얻을 수 있는 좋은 점은 확인하기 힘들지만 물을 마셔서 얻는 고통은 명확하게 확인할 수 있었기 때문이다. 하루에 필요한 수분 2~3리터를 채워줘야 한다지만 음료는 가급적 피했다. 몸속의 수분이 줄어드는 것, 그것이 곧 죽음에 다가가는 과정일망정 할 수 없는 일이었다.

뭘 그리 힘들게 사냐고 나무랄 사람도 있을 것이다. 아무 가게나 들어가서 화장실 좀 쓰자고 하면 되는 거 아니냐면서. 맞는 말이다. 하지만 그게 잘 안 되는 사람이 있다. 양반 체면에 남의 집에 불쑥 들어가서 '물 좀 빼겠다.'는 소리를 못하는 거다. 뭐라도 팔아주면서 그러면 모를까. 그런데 그것 역시 양반 체면에 웃기는 일 아닌가? 그래서 이도저도 못하는 거다.

생리적인 얘기가 나와서 하는 말이지만 프랑스에서 인간이 누리는 배설의 자유는 개만도 못하다. 외신에 따르면 개똥 제거를 전담하는 공무원이 있을 정도로 프랑스는 개똥 천지다. 도심 한복판 대로는 말할 것도 없고 조금 외진 곳에서도 어김없이 개똥을 만났다. 심지어 해발 2,000미터가 넘는 방투산 꼭대기에도 널려 있었다. 경험자로서 하는 말인데 프랑스를 여행할 때는 나이키 조깅화처럼 바닥이 정교하게 파인 신발은 웬만하면 피하길 권한다. 한 번 밟았다 하면 신발 바닥을 원상태로 돌려놓기 위해 가스 마스크라도 하나 장만해야 할 판이다. 딱지 치듯 땅에 신발을 두드려도 냄새가 쉬 사라지지 않는다. 모르실까봐 하는 말인데 프랑스 개똥에서는 프랑스가 자랑하는 향수 냄새가 나지 않는다.

프랑스에서 개똥 문제는 어떻게 보면 겉으로 드러난 프랑스인의 치부일지 모른다. 사회 구성원 각자의 자유를 최대한 보장하려는 프랑스식 민주주의에 시비를 걸 마음은 털끝만큼도 없다. 그렇다고 개에게 보장하는 배설의 자유까지 인정해야 한다고 생각하지는 않는다. 왜냐하면 개똥은 공중도덕을 개똥같이 여기는 프랑스인들의 일면이기 때문이다. 개를 운동시킨다는 핑계로 집 밖에서 볼일을 보게 하는 건 '내 뒷마당은 안 된다.'는 이기주의의 산물일 뿐이다.

아무 때나 마시고 비울 수 있는 건 행복한 일이다. 여행이 주는 지혜란게 바로 이런 거다. 요즘도 급하게 내 몸속의 댐 수위를 조절할라치면 지중해가 보이는 아름다운 휴양도시 생트로페의 언덕이 떠올라 빙그레 웃게 된다. 언덕 성벽 밑에서 남몰래 작업을 끝낸 뒤 진저리를 치던 내 모습이 대견해서다. 그래, 가끔 그렇게 망가져도 되는 거야.

추월하라! 구원을 얻으리로다

내 기억이 맞는지 모르겠다. 1980년대 TV 프로그램 가운데 '세계의 명곡'이란 게 있었다. 정규 프로그램 사이에 짬이 날 때 클래식 명곡을 5~10분 남짓 들려주던 프로그램이었다. 귀에 익은 유명한 곡이 흐르는 동안 화면에서는 유럽의 아름다운 마을과 도시가 물 흐르듯 지나갔다. 그때 내 관심은 명곡보다는 풍경에 더 쏠렸다.

항공기 기내식 먹는 게 특권층에게나 허용되던 시절이기도 하거니와 컬러 방송이 시작된 지 얼마 되지 않은 때라 그 풍광은 야속할 정도로 아름다웠다. 부처님에게 무슨 빽을 써야 다음 생은 저런 곳에서 시작할 수 있을까 싶을 만큼 그쪽 사람들의 삶과 풍경을 질투했다. 진한 질투 때문이었을까? 그 TV 속 경치는 화장지에 떨어진 코피처럼 선명하게, 빠르게, 깊게 뇌리에 스며들었다.

마치 조랑말이 한가롭게 끌고가는 마차에 카메라를 설치해놓은 것처럼 풍경은 아주 느릿느릿 흘러갔다. 그 느릿한 속도감이 풍경을 더 낭만적으로 만들었다. 스무 살 한참 기운이 뻗칠 그때에도 나는 손 대면 톡, 하고 터질 듯한 비키니 아가씨의 모습보다 그 풍경이 더 좋았다.

프로방스 여행을 준비하면서 잠시 잠깐 '세계의 명곡' 제작자처럼 마차 여행을 해보면 어떨까 생각했다. 자동차도, 오토바이도, 자전거도 아니고 마차라! '정신 나간 놈 아냐?' 란 소리를 듣기에 딱 좋을 설정이었다.

하지만 신문기자 출신으로서 하는 말인데 전세계 매스컴이 달려들 뉴스거리가 될 것이 틀림없었다. 그냥 하는 말이 아니다. 새 삶을 찾겠다며 거지 보따리 같은 걸 좌우로 주렁주렁 매단 채 자전거를 타고 유럽 대륙을 일주하는 코쟁이 신사를 숱한 언론이 따라다니는 걸 TV에서 봐서 하는 얘기다. 생각해보시라. 덮개 마차에 온갖 세간을 싣고 중년의 동양인이 말에 채찍을 휘둘러대며 유람하는 꼴을. 갑옷 입고 앙상한 말 '로시난테' 와 여행길에 나선 돈키호테보다 훨씬 더 이상한 인물로 비칠 것이고, 톱 뉴스감이 되고도 남으리라. 그렇게만 된다면 좀 관점이 다르긴 하지만, "사내놈이 세상에 나왔으면 이름 한 번은 떨쳐야 한다."고 말씀하시는 내 아버지의 소원을 풀어드릴 수도 있을 것이다.

사실 처음엔 '오, 그거 재밌겠는데.' 하는 마음이 없지 않았다. 말은 어떻게 구하지? 뭘 먹이고 어디서 재우지? 마차는 어떻게 주차를 하지? 말이 아프기라도 하면……. 여기까지 생각이 미치자 정말 미치지 않고서는 밀어붙이기 힘든 일이란 걸 알게 되었다. '미쳐야 미친다' 지만 미치면 나만 손해다.

나중에 진짜로 미치게 되면, 또는 은행이라도 털어서 거실벽 도배를 하고도 지폐가 남아돌게 되면 그때 짐꾼을 부려가며 마차 여행을 하기로 하고 지금은 자동차 여행 계획이나 짜자며 훗날을 기약했다.

자타가 인정해주는 운전 솜씨를 고려하면 자동차 여행은 가장 현실적이고 효과적인 대안이었다. 내 운전 경력으로 말할 것 같으면 '만 15년 무사고 운전자'다. 그동안 앞뒤 범퍼는 겨우 일곱 번밖에 갈지 않았다. 운전석 좌우 문짝도 너덧 군데밖에 찌그러지지 않았다. 그게 다 경찰서에 신고하지 않아도 될 만한 경미한 사고였다.

이처럼 화려한 경력에 남들은 도저히 흉내낼 수도, 절대로 그래서도 안 되는 '초강력 수퍼 울트라 캡숑' 특기도 있다. 그 특기가 뭐냐면 운전대 잡은 지 30분 안에 눈을 감고서 앞 차 꽁무니를 향해 쉴새없이 인사를 하는 것이다. 앞 차가 기름을 잔뜩 싣고 가는 탱크로리든 수억 원 하는 고급 외제차든 상관없다. 운전하는 분들은 잘 아실 거다. 그게 얼마나 살 떨리고 성취하기 힘든 고난도 기술인지.

이 정도의 능력에 세계에서 둘째 가라면 서러워할 터프한 운전문화 속에서 단련된 나 같은 베테랑이라면 세계 어디에 내놔도 꿀리지 않고 운전할 수 있어야 한다. 특히 그게 프랑스 같은 선진국에서라면 세 살배기의 손목을 비트는 것보다 쉬워야 한다. 그런데 그렇지 않았다.

프로방스에서 나는 느릿느릿 운전하기로 단단히 마음먹었다. '세계의 명곡'처럼 가능한 가장 느린 슬로비디오 버전으로 달려야지, 하고. 비행기, 초고속열차, TGV, 호텔 어느 것 하나 예약해두지 않았고 때맞춰 어딘

가로 가서 누군가를 만날 필요도 없으니 그렇게 못할 것도 없었다. 내 뒤를 따라오는 운전자들이 '급성 조급증'으로 병원에 실려가게 돼도 상관할 게 뭐람! 바쁘면 내 차를 타넘고 가든지, 라며 배짱을 부릴 요량이었다.

내가 빌린 차는 '푸조 207'이다. 내 팔자에 푸조라니, 하는 마음이었으나 그게 그나마 짐도 싣기 좋고 비용도 상대적으로 저렴하다니 어쩔 수 없는 선택이었다. 그 차는 엉덩이가 그리 섹시하지는 않은데 운전 첫날부터 뒤차들이 똥침이라도 찌르겠다는 듯이 바짝 달라붙었다. 그 차들의 목표는 똥침 놓기가 아니었다. 그 차들은 중앙선을 넘어서면서까지 나를 추월했다. 내가 정상속도로 달려도 그들은 하나같이 나를 추월하지 못해 안달이었다. "뭐가 저리 급하누. 이 한가한 프로방스 길에서. '5분 먼저 가려다 50년 먼저 간다'는 표어도 모르나."

나는 프랑스 운전자의 성마른 기질을 모르고 프로방스에 도착한 이튿날 어리석게도 그것에 도전하고 말았다. 세계적으로 유명한 인사들이 몰려드는 지중해 휴양지 생트로페에 다녀오는 길이었다. 강원도 미시령 고갯길처럼 S자를 그리는 좁은 도로를 달리는데 티코만한 땅꼬마 차가 하이 빔을 쏴대며 염장을 질렀다. 한국의 베테랑 운전자답게 '한 번 해보자는 거야, 뭐야?' 싶어 가속 페달을 밟았다. 하이 빔 몇 번에 내가 정한 '룰 넘버 원' 다시 말해 '느릿느릿 운전하기'가 순식간에 깨졌다. 파블로프의 개처럼 내가 조건반사에 그렇게 충실한 동물이라는 걸 그때 처음 알았다. 시차 적응이 채 안 돼 운동신경이 소 거시기처럼 축 늘어진 상태로 한밤중에, 그것도 처음 가는 산골길에서 때 아닌 추격전을 벌이게 된 것이다. 과격한 핸들링과 급브레이크 밟기를 거듭한 끝에 평지에 접어들

때쯤 내 안의 누군가가 말을 걸어왔다. "너 지금 뭐하니?" 맥이 탁 풀리면서 제정신으로 돌아왔다. 나는 곧 뒤차에 앞자리를 내주었다.

프로방스의 들녘과 산악과 해변을 들쑤시고 다니면서 한동안 라운드 어바웃Roundabout란 것에 시달려야 했다. '원형 교차로'쯤으로 번역할 수 있는 이 교통시스템은 프로방스뿐 아니라 프랑스 도로 어디서나 툭하면 나타났다. 동서남북 각 방향에서 오는 도로가 교차하는 지점에 동그란 섬을 만들어놓고 그 주위를 돌면서 원하는 방향으로 접어들게 만든 곳이다.

우리 아파트 단지에도 있는 것이어서 그리 낯설 게 없었으나 원형 주로에 들어갈 때의 원칙이 달랐다. 한국에선 왼쪽에서 차가 달려오든 말든 대가리를 먼저 디민 사람이 임자였는데 이 교차로에선 먼저 진입한 차에 우선권이 있었다. 공항에서 차를 받아 처음 거기에 도달했을 때 나는 다이빙대 앞에 선 수영 초보자처럼 머뭇거릴 수밖에 없었다. 언제 진입해야 할지 타이밍 맞추는 게 만만치 않았다. 단체 줄넘기를 처음 할 때 빙빙 돌아가는 줄 속으로 뛰어 들어가는 순간을 포착하는 어려움과 비슷하다고 할까.

한국에서 어렵게 취득한 '갑자기 끼어들기' 선수 자격증을 갖고 있는 운전 베테랑으로서 자존심이 상해도 어쩔 수 없었다. 자칫 시간을 놓쳐 들어갔다가는 원형 주로에 먼저 진입한 차와 부딪히기 십상이었다. 왼쪽에서 달려오는 차보다 내가 먼저 진입하면 되겠지 싶어 들어갔다가 옆구리를 받힐 뻔한 적이 한두 번이 아니었다. 깨달음은 왜 늘 늦게 오는 걸까? 원형 교차로를 들고 나는 가장 효과적이고 안전한 비결이 '양보 운전'이라는 건 한 달이 지나서야 깨달았다. 느릿느릿 운전하면 간단히 해결될 문제였다.

그러나 교차하는 도로가 많은 곳에서는 늘 진땀을 빼야 했다. 5개 도로가 만나는, 엑상프로방스의 중심지 로통도 분수를 따라 도는 원형 교차로에서는 툭 하면 차들이 엉켰다. 어떨 때는 빠져나오는 데 10분이 더 걸리기도 했다. 귀국하기 직전 그러니까 프랑스에서 운전한 지 3개월이 지난 시점에 파리 개선문 앞의 원형 교차로에 들어섰을 때는 한 양동이에 담고도 넘칠 식은땀이 흘렀다. 13개의 도로가 만나는 데다 교차로는 8차로가 넘을 만큼 넓은데 차선 하나 없었다. 마치 세발자전거를 타고 경주마들이 질주하는 경마장에 들어선 꼴이었다. 차선이 없는 교차로 안에서 충돌사고가 나면 어떻게 시시비비를 가릴까 호기심이 생겼지만 그걸 내가 직접 실험해볼 마음은 생기지 않았다.

신호등을 설치해놓은 교차로에서도 난감할 때가 많았다. 프로방스에선 신호등을 우리나라처럼 공중에 매달지 않고 차선의 좌우 기둥에 설치해놓는다. 그 바람에 정지선을 조금만 넘어섰다가는 신호 자체를 보기 힘들었다. 뒤차의 신경질적인 경적 소리를 듣고서야 출발할 때도 있었다.

신호등 색깔에 담긴 의미를 몰라 헤맨 걸 생각하면 살아서 한국 땅에 돌아온 게 신기할 정도다. 여러분은 신호등에 노란 불이 들어오면 어떻게 해야 한다고 생각하시는가? 교차로에서 노란 등이 깜빡거리면 주의하라는 신호이거나 고장난 경우다. 헌데 프랑스에선 가던 방향으로 계속

프랑스의 '그랜드캐니언'이라 부르는 베르동 협곡을 서쪽 방향으로 빠져나오면 '프랑스의 작고 아름다운 마을' 중 하나인
무스티에 생 마리가 나타난다. 이 고적한 마을에 닿으려면 강줄기처럼 굽이굽이 흐르는 지방도로(사진)를 타야 한다. 사진
우측에 보이는 것이 바로 원형 교차로다.

자동차 박물관이 따로 없다. 프로방스 길을 달리다보면 정말 오만가지 자동차들과 조우하게 된다. 저 차가 아직도 달릴 수 있을까, 하고 놀랄 겨를도 없이 추월당하기 일쑤다.

가라는 의미였다.

나는 한국에서의 습관대로 노란 신호등만 보면 급제동을 했다. 앞차가 계속 달려가는데도 어쩔 수 없었다. 뒤따라오던 운전자들은 나를 따라서 줄줄이 브레이크를 밟았다. 그게 원통했던지 그들은 분이 풀릴 때까지 실컷 경적을 울려댔다. 시끄러운 경적 소리에는 프랑스말로 터져나온 욕설도 섞여 있었으리라. 나는 회심의 미소를 지었다. 어차피 못 알아듣는다, 짜식들아.

신호등을 갖고 장난치는 프랑스의 악취미는 그뿐만이 아니다. 차량과 사람이 부닥치게 해 누가 이기는지 확인하고 싶어한다. 사거리 교차로에서 우리는 눈치껏 살살 우회전하면 그뿐이지만, 프랑스에는 우회전 신호가 따로 있다. "지금이야! 빨리 우회전 해!"라는 듯 굳이 신호를 줘놓고선, 차가 접어드는 오른쪽 횡단보도에서도 파란색 보행 신호등을 켜준다. 입에서 나도 모르게 이런 말이 흘러나온다. "대체 어쩌라고!" 프랑스 교통국에서 실험 중인 '차량과 사람의 부닥치기 한 판 승부'는 아직도 판가름나지 않은 것 같다. 신호등이 계속 이렇게 작동하는 걸 보면.

여기서 여행이 주는 교훈 한 가지. "편견을 버려라. 네가 알고 있는 걸 끝까지 의심하라."

죄송하지만, 일방통행인데요!

프로방스 지역뿐 아니라 프랑스에서는 일방통행 도로가 워낙 많아 운전자가 신경을 바짝 써야 한다. 일방통행이 많은 건 고대나 중세에 만들어진 옛날 도시가 적지 않기 때문이다. 기껏해야 마차 한 대가 지나다닐 수 있는 좁은 도로가 아직도 많다. 양방향 통행이 가능하려면 그만큼 도로 폭이 넓어야 하는데 그렇게 만들기 위해 인접 건물을 때려부수기 시작했다가는 도시 전체가 폐허가 될 판이니 꼬불꼬불 이어지는 좁아터진 일방통행 도로를 유지할 수밖에 없다.

일방통행이 어찌나 많은지 그 똑똑한 내비게이션도 길을 잃고 헤매기 일쑤였다. 개가 시키는 대로 달리다 낭패를 본 일이 적잖았다. 그 결정판은 프로방스 보클뤼즈 지방의 작은 마을 보뉘유에 들어섰을 때의 일이다. 언덕배기에 자리잡은 이 마을 초입에서 나는 호기롭게 2차선이 채 못

되는 일방통행로를 200미터나 올라갔다. 길 가던 마을 사람들은 나를 보고 묘한 제스처를 지어보였다. 고개를 잠깐 갸우뚱하는 사람, 양팔을 몸에 붙인 채 두 손바닥을 하늘로 돌리는 사람, 어깨를 귀까지 올리며 표정을 구기는 사람. 외진 곳까지 찾아온 동양인에게 보여주는 환영의 표시치곤 어딘가 거칠고 괴상하다는 느낌이 들었다. 운전 좀 해본 사람이면 그때쯤 일의 진상을 깨달았어야 했다.

아니나 다를까. 앞쪽에서 나를 향해 내려오던 승용차와 화물차가 한 대 두 대 꼬리를 물며 정지했다. 언덕길이 일시에 마비되기 시작한 것이다. 프랑스 경찰이 긴급상황에 얼마나 신속하게 대처하는지 그때 난 처음 알았다. 어느새 내 차 뒤쪽에서 경찰관 두 명이 다가왔다. 경찰관을 본 순간, 죄가 있든 없든 운전자라면 누구라도 그렇듯 덜컥 겁이 났다. '내가 뭘 잘못한 거지? 이런 촌구석에서 딱지를 떼다니. 프랑스 벌금은 세다고 그러던데⋯⋯.' 짧은 순간 그런 걱정이 휘리릭, 지나갔다.

경찰관 한 명이 차창을 내리라고 손짓하면서 어이없다는 표정으로 빙그레 웃었다. 그 웃음에 화답할 수 없었지만 "몰랐다."는 말을 할 줄 몰라 프랑스 국민들이 늘 하는 방식으로 어깨를 올리되 고개는 왼쪽으로 살짝 기울이며 두 손바닥을 위쪽으로 뒤집었다. 참 편안한 의사소통 방법을 시의적절하게 적용한 셈이다.

범법자와 프랑스어로 말이 통하지 않는다는 걸 바로 알아차린 그는 짧게 말했다. "무슈, 디스 이즈 원 웨이." 그러고는 후진과 전진을 연거푸 예닐곱 번 하면서 차를 180도로 돌릴 때까지 아무 말 없이 수신호로 나를 도왔다. 하도 같잖은 일이라서 그런지 딱지를 떼지는 않았다. 차를 다 돌리자 그는 친절하게 내가 가야 할 방향을 향해 검지를 편 채 긴 팔을 뻗었다.

이렇게 대형사고를 치고도 나는 '참 잘 했어요.'란 도장을 내 마음속에 꽝 찍어주었다. 프랑스 지역사회에 작은 기여를 했다는 생각이 들었기 때문이다. '어쩌면 그렇게 뻔뻔할 수가 있냐?'고 생각하실 텐데 그전에 자초지종을 좀 들어보시기 바란다.

보뉘유는, 병원에 입원해 있는 중환자의 옷장 속처럼 심심한 작은 마을이다. 관광철도 지난 시기라 더 그랬다. 그런 지역사회에 의미 있는 얘깃거리를 선사한 게 뭐 그리 잘못한 것인가. 내게 친절을 베푼 그 경찰관은 그날 근무를 마치고 카페에서 와인 한 잔을 하면서 자신의 선행을 자랑스럽게 떠벌릴 것이다. 아무리 눈을 씻고 찾아봐도 할 일이 없는 한가한 마을의 경찰관에게 삶의 의미를 되찾게 해준 셈이다. 사고 현장에 있었던 할아버지와 동료들은 또 어떤가. 그들은 두고두고 내가 만들어준 얘깃거리를 놓고 즐거워할지 모른다. "동양인들이 얼마나 멍청한지 알아? 교통 표지판도 볼 줄 모른다니까. 걔네들은 눈을 폼으로 달고 다니나봐. 크기라도 하면 멋이라도 있을 텐데……."

'참 잘 했어요.' 도장을 받을 일은 마르세유에 처음 진입할 때도 일어났다. 프랑스 제2의 도시답게 마르세유 도로는 널찍했지만 막히는 곳이 많았다. 그런데 이상할 정도로 내가 달리는 차선은 옆 차선과 달리 한가했다. 앞서 가는 경찰차를 무심코 따라가는 중이었는데, 그게 이상해 보였는지 길 가던 사람들이 또 나를 향해 묘한 몸짓을 했다. 그러거나 말거

프로방스 일대에는 차 한 대가 겨우 지나갈
수 있는 일방통행 골목길이 많다.

아찔하게 좁은 돌바닥 도로. 이런 극악한 운전 환경에서 견딜 수 없다면 프랑스에선 운전대를 잡지 않는 게 좋다.

나 나는 개의치 않았다. 경찰차 뒤를 얌전히 따라가는 데다 내비게이션도 허락한 길이니 문제 생길 리 있겠어?

그때 갑자기 경찰차가 차선을 바꿨다. "경찰차도 필요할 때는 방향을 바꾸는 거지, 뭐! 나까지 그럴 건 없잖아." 그렇게 혼자 중얼거리던 내 입에서 영화 주인공들이나 하는 소리가 튀어나왔다. "으아악!" 벼락이 발아래 떨어졌다 해도 그렇게 놀라지는 않았을 것이다. 저 앞쪽에서 육중한 전차가 나를 향해 달려오는 것이었다. 알고 보니 내가 달린 차선은 일반 차선이 아니라 전차로였다.

황급히 차선을 바꾸고 나서야 상황이 하나하나 정리되기 시작했다. '어쩐지 도로가 울퉁불퉁하더라니. 다른 차선만큼 붐비지 않은 이유가 있었구나. 경찰차는 긴급 출동하느라 전차로를 이용한 거였나? 경적 소리가 자꾸 들리더라니.'

하지만 한 가지 의문은 여전히 남았다. 전차로는 대체로 높은 턱으로 막혀 있는데 내 차가 어떻게 그것을 타넘었을까?

프랑스에서 운전하면서 곤혹스러운 것 중 하나는 주차였다. 도심지에서 화장실 찾기가 어렵듯이 주차 시설도 태부족이었다. 도로변 곳곳에 흰 선을 그어 노상주차가 가능하도록 했는데 빈 공간을 찾기 어려운 데다 주차비마저 장난이 아니다. 프랑스인들이야 그런 상황에 잘 적응하며 살겠지만 여행자에게는 여간 불편한 일이 아닐 수 없었다. 수십 번이나 드나든 엑상프로방스에서는 단 한 번도 노상주차를 하지 못했다. '반드시 한 번은 꼭 노상주차를 하고 말겠다'는, 아무짝에도 쓸모없는 오기를 부렸으나 번번이 실패했다. 아를에서도 노상주차장을 찾느라 그 기나긴 원형 도로를 몇 번이나 돌다가 정말 머리가 돌 뻔했다.

여행자를 곤혹스럽게 만드는 주차 문제는 또 있었다. 노상주차를 하려면 몇 시간 주차할 건지 정한 다음 그 시간에 해당하는 만큼의 돈을 주차 기계에 넣고 주차권을 뽑아야 한다. 그런데 그곳에 처음 온 여행자라면 얼마나 오랫동안 자신이 그곳에 머물게 될지 정확히 알기 힘들다. 그래서 낭패한 적이 많다. 고대 로마 원형극장이 있는 오랑주, 아름다운 고성이 있는 블루아, 화가 모네가 성당을 그려서 유명한 루앙에서 나는 당초 예상한 주차시간을 넘기는 바람에 주차 요금을 추가로 지불하기 위해 머나먼 길을 되걸어 주차장으로 돌아와야 했다.

쌍라이트를 켜놓은 채 도로 한복판에 주차를 해놓는 사람들, 그걸 묵묵히 참고 기다려주는 사람들, 차보다는 사람이 먼저라는 생각으로 신호등을 가볍게 무시하는 사람들, 10센티미터 간격으로 정교하게 주차를 하는 사람들, 타이어가 자전거 발통처럼 가느다란 2차 대전 당시의 똥차를 보란 듯이 몰고 다니는 사람들, 중대형차보다는 성냥갑만한 소형차를 더 많이 타고 다니는 사람들, 기특하게도 신호등을 철저하게 지키며 오토바이를 타는 사람들. 장장 1만 6,000킬로미터를 넘게 달려서 알게 된 프랑스 운전자들의 모습이다.

프로방스에서 100일 동안 그 긴 거리를 수동 기어가 달린 자동차로 운전했다. 한 해에 1만 킬로미터도 달리지 않는 운전 기피증 환자로선 놀라운 주행거리가 아닐 수 없다. 주유소와 톨게이트 영수증을 모았으면 수

무심코 전차 레일 위를 자동차로 달리다 혼비백산했다. 몽펠리에 도심을 달리는 육중하고도 아름다운 현대식 전차.

첩 한 권 분량이 될 테지만 15년 동안 앓아온 운전 기피증을 완치하는 데 드는 치료비라고 생각하니 아깝지만은 않았다.

그리고 이 자리를 빌려 진심으로 사과할 게 하나 있다. 여행안내서 말만 믿고 차에서 내릴 때마다 내비게이션을 숨긴 것 말이다. 한국보다 네 배나 비싼 고속도로 통행료를 내면서 프로방스를 돌아다니는 동안 아무도 내 차에 손 대지 않았다. 약속하겠다. 다시 차를 몰고 프랑스를 돌아다닐 날이 오면, 내비게이션은 앞 유리에 그대로 붙여놓겠다고.

마지막으로 '어떻게 이 책엔 정보라고는 하나도 없냐.'고 불평하실 독자를 위해 유용한 정보 딱 하나만 소개한다. 차를 좀 오래 빌릴 때는 반드

긴 세월 동안 나는 어쩌면 파란불보다 빨간불에 충실하게 반응하며 살아왔는지 모르겠다. 해도 된다는 사인은 무시하고, 하면 안 된다는 이유만 수도 없이 나열하며 교차로에 머물러 있던 삶은 아니었을까? 그런 내게 프로방스는 무차별적으로 파란 신호등을 켜주었다. 이 순간을 놓치지마, 하고 말하듯이.

시 '슈퍼 보드'라는 보험에 드시길 바란다. 이탈리아 국경에 인접한 도시 망통과 마르세유 지하주차장에서 주차하다 두 번이나 문짝이 많이 찌그러져 걱정했는데 걔가 다 알아서 해줬다. 추가요금 한 푼 들지 않고. 물론 사고를 안 낼 자신이 있는 분에게는 필요 없는 정보다. 다만 아셔야 할 게 있다. 프랑스에서 차 수리비는 엄청 비싸다는 거.

생트 빅투아르는 승리하는 산

프로방스에 도착한 첫날 마르세유 공항에서 엑상프로방스로 차를 몰고 가는 고속도로에서였다. 갑자기 '허어억' 하며 숨을 들이마시고 말았다. 길 저 앞쪽에 예사롭지 않은 풍경이 펼쳐졌다. '비현실적으로 거대하다'는 말로는 한참 부족한 돌산이 도로를 떠억, 막고 서 있었던 것이다. 기이하게도 그것은 은백색 빛을 반사하고 있었다. 그게 생트 빅투아르와의 첫 만남이었다.

이 산이 엑상프로방스 근처에 있다는 건 일찍이 알고 있었다. 이 고장 출신 화가인 폴 세잔이 60회나 그려서 유명해진 산이다. 도대체 무슨 매력이 있어서 그토록 이 산에 집착한 걸까? 그림 속의 모양새만 놓고 보면 그리 잘생기거나 섹시한 산은 아니었다. 그래서 그저 세잔이 즐겨 그렸던 사과나 다름없는 모델이라고만 생각했다. 사물의 구조를 단순화시켜 그림을 그린 그에게 모델은 그리 중요하지 않았다. 하지만 프로방스에 와서 나는 세잔이 왜 생트 빅투아르를 물고 늘어지지 않을 수 없었는지 알게 됐다.

짐도 제대로 못 푼 채 이튿날 홀린 듯이 생트 빅투아르로 갔다. 세잔이 그림을 그리기 위해 걸어다녔던 길을 뭐 잘났다고 나는 차를 몰고 달렸다. "산이 거기 있어 간다."는 말이 그때만큼 실감난 적도 없었다.

그게 나로선 이상한 일이었다. 누군가 산에 가자고 하면 "그런 힘든 일은 하인한테나 시켜!"라고 말하는 쪽이었으니까. 심지어 '지혜로운 사람은 물을 좋아하고 어진 사람은 산을 좋아한다.'는 공자님 말씀조차 좋아하지 않는다. 산 좋아하는 사람 중에 어질다 못해 어지러운 인간도 많기 때문이다.

내가 아는 사람 중에는 직원들을 빨치산 대원으로 만들려는지 근무시간에 툭하면 산으로 끌고 올라가던 자도 있다. 마감 때문에 산에 못 가는 직원이 있으면 연대책임을 물어 그 직원의 상사까지 패키지로 묶어 산으로 내몰았다. 그것도 휴일에. 그런 인간을 나는 어진 사람으로 생각하지 않는다.

생트 빅투아르로 가기 위해 처음 고른 코스는 톨로네 방향이었다. 생트 빅투아르의 남쪽에 있는 이 작은 마을은 아름드리 플라타너스가 운치 있게 수백 미터나 이어지는 가로수길로 유명하다.

톨로네를 지나 산길 오르막 도로로 접어든 지 10분 정도 지났을 때였다. 갑자기 SF영화에서처럼 공간이동을 한 듯했다. 눈앞의 풍경이 순식간에 바뀐 것이다. 톰 크루즈가 주연한 영화 〈우주전쟁〉에서처럼 거대한 외

남쪽에서 바라본 생트 빅투아르의 웅장한 모습. 수 킬로미터나 이어지는 은백색 화강암 능선은 금세 무너져내릴 듯한 기세다. 그 앞에 서면 저절로 공포에 휩싸인다.

계 우주선이 하늘을 덮은 모양새였다. 마치 피스톤이 언제 내려올지 모르는 주사기 속에 들어간 것처럼 순간적으로 나는 호흡 곤란을 느꼈다.

산자락 아래로 난 길을 따라 슬금슬금 차를 몰았다. 그런데 자꾸 산 쪽으로 고개가 돌아갔다. 가파르게 솟은 바윗덩어리가 무너져내려 나를 깔아뭉갤지 모른다는 두려움이 들었던 것이다.

생트 빅투아르는 산봉우리가 이어지는 산맥 같았다. 산 주변을 따라 도는 거리가 무려 74킬로미터나 됐다. 당연히 보는 지점에 따라 모양도 제각각이다.

나는 길가 옆 공터에 차를 대고 내렸다. 산을 마주하고 서자 산중턱 아래에서 개미만한 검은 점 몇 개가 꼬물거리는 게 보였다. 점들은 산 위아래로가 아니라 좌우로 움직였다. 깎아지른 경사를 볼 때 장비 없이 더이상 오르기는 힘들었다.

산세가 가로로 하도 길어 김장 무 썰 듯 툭툭 잘라 광각렌즈로 10여 장을 찍고 있는데 마침 옆에서 다 떨어진 자동차가 털털거리며 섰다. 몸 전체를 실로 감아놓은 것 같은 털북숭이가 나오더니 트렁크를 열었다. '불붙이면 잘 타겠다.'는 생각이 드는 외모인데 위험천만하게도 담배를 문 채 등산용 밧줄과 헬멧을 꺼냈다.

"그런 거 없으면 오르기 힘든가요?"

양해도 구하지 않고 영어로 물었다. 못 알아들으면 말고.

"아니요. 스파이더맨처럼 끈끈이 줄이 있으면 가능해요."

그는 스파이더맨처럼 손가락을 오므린 채 손바닥을 내보였다. 언제 봤다고, 농담질이었다. 그러면서 털 사이로 감춰둔 싯누런 이빨을 꺼내며 킬킬댔다.

"재미 없거든(은 한국말). 어디까지 오를 수 있죠?"

"(배를 가르는 시늉을 하면서) 여기쯤까지. 함께 갈래요? 안내해줄 테니."

바위 탈 때 쓰는 접지력 좋은 등산화를 신으며 털보가 나를 꼬드겼다. 바위산에서 동양인은 얼마나 잘 구르는지 관찰하려는 네 속셈을 모를 줄 알고.

"고맙지만 난 구르는 데는 소질이 없어요(역시 한국말로). 조심해요."

털보는 내 말을 이해 못 했는지 고개를 갸우뚱하며 "오부아^{안녕}." 하고는 사라졌다.

그를 따돌렸지만 "여기까지 왔는데." 싶어 그를 미행했다. 모르는 길은 되돌아올 때 헤매지 않기 위해 표시를 해두는 법. 중간쯤에서 용의주도하게 몸속의 수분을 꺼내 표식을 남겼다. 산 중턱쯤에 다다르자 돌바닥은 미끄럽고 자갈이 흘러내렸다. 생트 빅투아르에게 몹쓸 일을 당한 것도 아니면서 "두고 보자." 하며 하산했다.

그날 이후 한동안 생트 빅투아르의 손에서 벗어나지 못했다. 거처가 있는 에귀에서 프로방스의 이곳저곳으로 향하다보면 언제 쫓아왔는지 생트 빅투아르가 제 가슴을 열어 나를 품으려 했고 내 등까지 따라와 툭툭 건드리기도 했다. 부처님 손바닥 위의 손오공이 이런 느낌이었을까.

나는 너댓 번 더 생트 빅투아르 자락의 황량한 구릉을 몽유병 환자처럼 휘적휘적 헤매고 다녔다. 목적도 생각도 없이 그냥 끌렸다. 같은 공간을 반복해서 찾아가 혼자서 거닐 만큼 사색적인 인간은 아니기에 홀려도 단단히 홀린 듯 싶었다.

생트 빅투아르에 제대로 오를 기회는 프로방스에 머문 지 두 달이 지나서야 왔다. 우리 일행은 프로방스의 수호천사인 한인 회장님 부부, 그의 제자인 자크 부부와 아들 딸 그리고 나까지 모두 일곱 명이었다. 프로방스에서 23년 동안 산 회장님은 두 번째, 그의 부인은 첫 번째 산행이라고 했다. 자크 부부는 원래 파리지앵인데 생트 빅투아르가 좋아 엑상프로방스에 눌러앉았다. 헬리콥터 전문가로 한국에 초청된 아내 덕분에 경남 사천에서 일년 반을 지낸 자크의 가족은 지리산과 가야산, 토함산 등을 두루 올랐다고 한다.

우리는 생트 빅투아르의 북쪽 마을 보브나르그를 출발점으로 삼았다. 톨로네 쪽 그러니까 생트 빅투아르의 남쪽은 경사가 가파른 바위산이라 전문 산악인이 아니면 오르기 힘들기 때문이다.

천재화가 피카소가 묻혀 있는 별장으로 유명한 보브나르그에 도착했을 때 나는 '속았다'는 생각이 들었다. 은백색 돌산으로만 알았던 생트 빅투아르는 여느 산처럼 푸르렀다. 가슴 쪽은 가려도 엉덩이 쪽은 가려지지 않는 옷차림의 쇼걸 같다고나 할까. 경사도 남쪽과 달리 완만했다. 산에만 가면 산소 공급하느라 바빠 과묵해지는 내가 자크 부부와 수다를 떨 정도였다.

산은 한가했다. 북한산에서처럼 앞사람 엉덩이에 눈으로 똥침을 놓아야 하는 상황은 아니었다. 6시간 넘게 이어진 산행 중 만난 사람은 채 스무 명도 안 됐다. 큼지막한 개를 끌고온 떠꺼머리 총각, 쫄바지 운동복을 입고 뛰는 백발의 할아버지, 혈기가 뻗쳐 보이는 20대 연인들과 '봉주르'를 교환했을 뿐이다.

세잔의 자화상으로 장식한 엑상프로방스 '세잔의 길' 표지판.

그들은 마실 나온 사람들처럼 트레이닝복, 청바지, 운동화, 작은 가방 차림이었다. 고급 메이커 등산복에, 에베레스트 등정을 하는 데 무리가 없을 만한 장비를 자랑하러 산에 오르는 사람들과는 달랐다.

배를 채우러 산에 오는 것 같지도 않았다. 간단한 샌드위치를 씹는 이도 드물었다. 그러고 보니 생트 빅투아르로 오르는 여러 코스 중에서 우리나라처럼 동동주, 순두부, 파전, 오리탕 등을 파는 음식점 거리를 갖춘 곳은 없었다.

우리 일행은 갈림길에서 몇 번 헤맸다. 교통 표지판이 매우 합리적인 나라 프랑스지만 산에서는 그렇지 않았다. 보물찾기 하는 각오로 방향 표식을 찾았으나 눈에 띄지 않았다. 아무 나뭇가지에나 'OO산악회' 리본이 달려 있는 등산로와는 달랐다. 방향이 심각하게 갈라진다 싶은 지점에서도 땅바닥에 있는 작은 돌에 흰 화살표를 그려놓는 게 고작이다. 그나마도 어디로 굴러갈지 모르는 돌이었다. 북한산만큼 인기 있는 산은 아닌 모양이다.

생트 빅투아르는 멀리서 보면 웅크린 짐승 모양인데 우리가 두어 시간을 끙끙 댄 끝에 도착한 곳은 꼬리뼈쯤 되는 지점이었다. 능선엔 길이 나 있지 않다. 15~20도 각도로 기울지만 않았으면 넓디넓은 화강암 벌판으로 보였을 것이다. 산꼭대기치고는 희한한 모양새다. 마른 개똥이 군데군데 굴러다니는 이곳에선 가끔 조개껍질이 발견된다고 한다. 바다 표면이 잠자다 헐레벌떡 일어서는 융기작용으로 생긴 게 생트 빅투아르다.

우리는 낭떠러지 꼭대기의 양지 바른 빈터에 모여 앉았다. 햇볕을 나

뭐 가지려면 도리 없었다. 고소공포증이 약간 있어서 내 발바닥에선 땀이 났지만 프로방스 벌판을 전속력으로 달려온 시원한 바람에 긴장이 풀어졌다.

드디어 '음식 배틀'이 시작됐다. 한식과 프랑스식이 교대로 등장했다. 불고기, 깍두기, 깻잎절임, 쌀밥, 녹차, 소시지, 치즈, 바게트, 커피, 초콜릿, 귤⋯⋯. 두 나라 음식이 서로 궁합이 맞는지 속이 부대끼지 않았다. 배틀이 아니라 피스였다.

바람, 햇볕, 분위기 모두 별 다섯 개짜리 특급호텔 이상이었다. 특히 전망은 정말 끝내줬다. 코앞의 넓디넓은 프로방스 평야와 구릉은 컬러풀한 이불 같았다. 저 멀리 남쪽 마르세유 방향의 지중해는 햇빛이 떨어지는지 거울처럼 번쩍번쩍 빛을 반사했다. 북쪽에선 알프스 아랫녘 봉우리들이 눈을 머리에 인 채 비죽비죽 솟아 있었다.

행군을 다시 시작한 일행은 기나긴 등뼈를 타고 두 시간을 걸은 뒤에야 짐승의 대가리 위에 올라섰다. 생트 빅투아르의 정상인 해발 1,011미터의 '크로와 드 프로방스'였다. 십자가란 뜻 그대로 크로와에는 대형 철제 십자가가 서 있었다.

정상에 오른 기념으로 휴대전화를 꺼내 서울 번호를 눌렀다. 15년 전에 써먹었던 비법을 재활용할 기회가 모처럼 온 것이다. 당시 나는 스위스 인터라켄에 올라가 아홉 자짜리 엽서를 보냈다가 뜻하지 않게 다이아 반지를 주었을 때에나 얻을 수 있는 효과를(직접 경험한 적은 없지만) 본 적이 있다. 아홉 자가 뭔지 알아내려고 손가락 꼽으며 말을 맞출 분들의 정

세잔은 생트 빅투아르를 화폭에 담으면서 새로운 조형세계를 창조했다. 세잔의 그림 구도와같은 사진을 수십 장 찍으면서 고집스레 자기 길을 가는 예술가의 삶을 생각했다.

신건강을 위해 총 맞을 각오로 그 내용을 밝힌다. "여기서도 너만 생각해."

휴대전화에서 "여보세요?"란 소리가 흘러나오자 "잠깐마안~." 하고는 전화기를 허공에 댄 채 5초 동안 침묵했다. 그리고 말했다. "들리니? 프로방스 바람 소리야." 그 다음 내용은 알아서 생각하시라.

정상에서 2~3분 내려오자 성당과 수도원이 보였다. 하여튼 종교의 힘이란. 터는 제법 넓고 평평했다. 두 건물은 황폐한 정도는 아니지만 오랫동안 방치된 듯했다. 그나마 등산객을 위한 산장은 대형 벽난로를 켜놓은 걸로 봐서 누군가 관리를 하는 모양이다.

직선 코스를 따라 하산하는 데는 1시간 반 정도면 충분했다. 해가 빠른 속도로 떨어지면서 우리가 걷는 길은 검은 숲이 되었다. 앞사람 발자국 소리를 들으며 걷다보니 수십 년 묵은 모국어 노래가 흘러나왔다. "해는 져서 어두운데 찾아오는 사람 없어 밝은 달만 쳐다보니 외롭기한이 없네." 자크 씨 부인 귀에 들렸는지 무슨 내용이냐고 물었다. 감정이입이 됐는지 그녀가 내 등을 쓸었다. 참나, 그런 게 아닌데.

노는 게 남는 거야

프랑스 면적은 54만 7,030평방킬로미터, 남한의 다섯 배 정도다. 인구는 2008년 현재 6,405만 7,790명이다. 우리의 1.3배 정도다. 우리가 얼마나 복잡한 나라에서 사는지 대충 감이 잡히실 거다.

범위를 좀 좁혀서 프로방스와 비교해보자. 프로방스의 면적은 남한의 3분의 1 정도다. 반면 2006년 기준이라 약간의 오차가 있겠지만, 인구는 10분의 1이 채 안 된다. 인구밀도는 평방킬로미터당 152명으로 남한(488명)에 비하면 30퍼센트밖에 안 된다.

인구밀도가 낮아서 그런지 대도시를 제외하면 프로방스 지역 어딜 가나 한적하다. 법정 근로시간을 주 35시간으로 정해놨기 때문에 사람 구경하기가 어렵다. 아닌 게 아니라 프랑스 사람들의 법정 연간 휴가일수는 37일이나 된다. 게다가 7~9월 사이에 길게는 3~4주 연속으로 휴가를 쓴다. 노는 날만 많은 게 아니다. 근무일조차 문 닫아거는 시간이 많다. 프랑스 정규직 근로자들의 주당 실질 노동시간은 평균 37.7시간으로 유럽에서 가장 짧다.

문을 닫아걸고 무슨 짓들을 하는지 모르지만 나 같이 현지 사정을 잘 모르는 이방인으로서는 불편한 게 한두 가지가 아니다. 내가 자주 찾아가야 했던 관광안내소에서도 그런 일이 생겼다.

프로방스를 돌아다닐 때 나는 목적지가 어디든 안내소부터 들러 공짜로 주는 현지 지도를 얻었다. 준비해간 책을 보며 예습하고 가도 현지 사정이 다르거나 정보가 부족하기 때문에 관광안내소는 필수 코스였다. 그런데 툭하면 안내소는 'Ferme^{닫다}' 팻말을 내걸었다. 오전 10시나 돼서 문을 열고는 11시 30분이나 정오쯤에 문을 닫는 곳이 많았다. 다시 문을 여는 건 오후 2시나 돼서였는데 4시 30분이나 5시쯤에는 완전히 닫아버린다. 동네마다 시간 차이가 약간 있지만 대체로 비슷했다.

사람 상대하는 일 그것도 관광객 같은 바보들을 다루는 일이 만만치 않다는 건 나도 잘 안다. 이 바보들은 2000년 역사에 빛나는 고도^{古都}에 와서는 "3시간 안에 보고 갈 장소를 다 추천해달라."거나 "값은 싸지만 음식 맛은 최고인 음식점이 어디냐?"고 앞뒤가 맞지 않는 질문을 해대기 때문이다.

관광객이 다들 멍청이라곤 하지만 "돈이 다 떨어져서 그러는데 이 동네에서 경비가 가장 허술한 은행은 어딘가요?"라거나 "먹고 튀어도 주인이 따라오지 못하는 식당은 어디 있지요?"라고 묻지는 않을 것이기 때문에 안내원들의 스트레스가 못 참을 정도는 아니라고 생각한다.

프로방스 여행의 필수 코스는 관광안내소다. 툭하면 문을 닫아 걸어 낭패를 보았지만 친절한 안내와 공짜 지도는 유익했다. 사진은 몽펠리에의 안내소.

그럼에도 안내원들은 자기들이 지구상에서 둘도 없이 힘든 일을 한다고 생각하는 모양이다. 그렇지 않고서야 그렇게 자주 오랫동안 자기 일터의 문을 닫아걸지는 않을 테니까. 사정이 이렇다 보니 한두 시간이면 다 돌아보고도 남을 코딱지만한 마을의 정보를 얻기 위해 2시간을 기다려야 할 때도 없지 않았다.

미술관도 사정은 마찬가지다. 웬만한 미술관은 연락처와 개관 날짜를 공개하는데 막상 현장에 가면 오전만 혹은 오후만 여는 곳이 적잖았다. 마르세유 북서쪽에 있는 해안가 공업도시 마르티그에 갔을 때였다. 정유 공장의 굴뚝이 치솟기 전까지만 해도 프로방스의 한적한 어촌 마을이었던 이곳은 한때 화가들이 즐겨 찾았다. 프로방스에서 활동한 화가들의 행로를 살펴보려고 그곳에 있는 작은 미술관 '짐'을 방문하러 아침 일찍 40킬로미터를 달려갔다. 바르비종파에 속하는 풍경화가 '펠릭스 짐' 이름을 딴 미술관이었다. 비가 부슬부슬 내리던 그날, 근처 공영 주차장에 주차비를 선불하고 미술관에 도착했는데 오후 2시 30분이 돼야 문을 연다는 것이 아닌가? 내 입에서 17 다음의 숫자가 나올 판이었다.

"미술관 열기 전까지 시내 구경이라도 하라는 거야 뭐야? 그럴 거면 시내 가게들 문이라도 열어놓든지. 죄다 문을 닫아걸고는 이게 뭐하는 짓이야? 그게 아니면 동네 사람들이라도 지나다니게 동원령이라도 내리든지." 아무리 혼자 투덜대봐야 소용없는 일이었다.

이런 풍경은 마르티그 한 곳에서만 펼쳐지는 게 아니다. 프로방스를 돌아다니다보면 평일인데 일제히 파업이라도 한 것처럼 상가가 철시한 마을이 많았다. 여름 한철 세계 각국에서 몰려오는 관광객 덕분에 일년

치 수입을 벌 수 있는 관광지라면 그래도 괜찮을 것이다. 하지만 이렇다 할 특기도 없는 동네에서 가게들이 저렇게 자주 문을 닫으면 임대료나 제대로 낼 수 있을까 걱정될 때가 적잖았다.

마르티그에서는 좀 기다려서라도 펠릭스 짐의 작품 세계를 만날 수 있어서 그나마 다행이었다. 생트로페에서는 정말 국물도 없었다. 미술관들이 주로 쉬는 월요일과 화요일을 피해 아농시아드 미술관을 보러 갔다. 그러나 200킬로미터를 달려간 그곳에서 나는 11월 한 달을 통째로 쉰다는 안내판을 보고 말았다. 할 수 없이 한 달 뒤 다시 가야 했다. 미술관을 가겠다면서 개관 일정도 정확하게 파악하지 못한 내 잘못이 크지만 왕복 400킬로미터나 되는 거리를 아무 성과 없이 달리고보니 억울했다.

안내소나 미술관은 공공장소니까 그렇다 쳐도 이익을 내야 하는 업체 특히 대형 슈퍼마켓 같은 곳조차 일요일에 쉬는 건 좀 심하다 싶었다. 나도 20년 넘게 임금 노동자로 구른 사람이기 때문에 주말은 될 수 있으면 쉬어야 한다고 생각한다. 특히 언론사에서 일한다는 죄로 연휴나 일요일을 거의 쉬지 못해 더더욱 주말 휴식을 탐하는 편이다. 아무리 그래도 서비스업은 달라야 한다. 주말이면 사랑하는 아내를 위해 대형 할인점에서 찬거리와 생활용품을 실어와야 하는 남편들을 봐서라도 문을 닫으면 안되는 것이다. 더군다나 프랑스 같이 여자를 우대하는 나라라면 더 그래야 하는 것 아닌가. 하지만 칼 같이 문을 닫는다. 자유시간 넉넉한 주중에는 뭐하다 일요일에 장을 보려고 하냐, 판매원들도 일요일 하루는 쉬면서 인간답게 살아야 하는 것 아니냐는 식이다.

그런 사정을 모르고 어느 일요일에 20킬로미터나 떨어진 카르푸에 갔

카네쉬르메르에 있는 르누아르 기념관의 앞뜰. 멀리 구시가지의 그리말디 성이 보인다.

다가 허탕을 친 적이 있다. 내가 먹는 쌀은 동네 슈퍼마켓 '카지노'에서는 팔지 않아 먼 동네에 있는 카르푸까지 가야 했다. 쌀을 동물사료만도 못하게 아무렇게나 진열대 바닥에 부려놓아 기분이 상했지만 먹고살아야 했기에 그런 수모 정도는 기꺼이 감수해줄 작정이었다. 그런데 그마저도 구하지 못하고 왕복 40킬로미터를 헛걸음하다니! 거기다 며칠을 벼러 모처럼 해먹으려던 밥을 못 먹게 됐으니 서럽다 못해 울고 싶을 지경이었다. 여행을 하다보면 이렇게 먹고 싶은 걸 못 먹을 때, 먹을 수 있었는데 막판에 실패할 때 슬퍼지는 법이다.

먹는 얘기가 나와서 하는 말인데 내가 단골로 가던 우리 동네(라고 해도 되는지 모르겠지만) 빵집도 평일에 문을 닫아놓을 때가 많았다. 먼 길을 떠나기 위해 도시락 대용으로 샌드위치를 구하거나 식사시간을 놓쳐 빵으로 때우려고 허겁지겁 달려가보면 야멸치게 셔터까지 내려놓은 적이 한두 번 아니었다.

그렇게 고생을 사서 할 게 아니라 언제 문을 열고 어느 때 문을 닫는지 물어보지 그랬냐고 꾸짖으시는 건 독자 여러분의 자유다. 프랑스 말을 못하는 내겐 그게 그리 만만한 일이 아니다. 언어를 구사할 수 없는 나라에서 여행자는 아무것도 모르는 갓난아기가 된다. 그저 생존 본능에 따라 버텨낼 뿐이다.

빵집은 끼니마다 신선한 빵을 내놓아야 하니까 문을 닫고 바게트를 굽는다 치더라도 동네 슈퍼마켓은 왜 그리 뻔질나게 문을 닫는지 알다가도 모를 일이다. 나 같은 이방인을 골탕 먹이려고 일부러 이런 장난을 칠 리는 없을 테고, 그렇다고 '24시간 오픈'하는 가게들을 들락거리면

프랑스 아이들은 이런 곳에서 논다. 놀이터 같기도 하고, 설치 미술품을 전시해둔 갤러리 앞뜰 같기도 하다.

서 한 번도 고마워하지 않던 내 버르장머리를 뜯어고치려던 건 더욱더 아닐 테고.

어쩌다 기름이 떨어져 주유소를 어렵사리 찾아갔는데 사람이 없어서 환장할 때도 많았다. 로마 유적이 많은 시골 마을 '베종 라 로맨' 근처에서 기름이 달랑달랑하자 내비게이션에게 물어 인근 주유소를 찾아냈다. 목적지와 다른 방향이었지만 선택의 여지가 없어 그곳으로 달려갔다. 헌데 주유소는 있으되 사람은 없었다. 가뜩이나 기름이 부족한 상황에서 8킬로미터나 거슬러 갔건만. 그때만큼 17 다음의 숫자를 반복적으로 여러번 내 입에 올린 적은 없었다.

내 욕 소리가 너무 컸는지, 나만 그런 욕을 하는 건 아닌지 사르코지 대통령은 최근 프랑스의 '주 35시간 근무제'를 바꾸려 안간힘을 쓰는 중이라고 한다. 프랑스는 지난 1998년 사회당 정부 시절 실업문제 해소책으로 노동시간을 줄여 일자리를 나눈다는 차원에서 이 제도를 도입했다. 그런 취지와 달리 실업 해소도 안 되고 근로자 임금은 동결되고 국가경쟁력은 떨어진다는 비판을 받아왔다.

정부 기구인 프랑스통계청INSEE이 사르코지의 개혁 의지에 힘을 실어주려고 그랬는지 2008년 8월에는 노동시간에 관한 흥미로운 설문 결과를 발표했다. 7만 2,000명을 대상으로 조사한 결과 프랑스 노동자는 주당 평균 41시간 노동한 것으로 조사됐다는 내용이다. 이 조사에 따르면 농부가 주당 평균 59시간으로 가장 오래 일했고, 상점 점원과 장인이 55시간으로 2위, 화이트칼라가 44시간으로 3위를 각각 차지했다고 한다. 하기야 문 닫아걸고 뭔가를 하는 것도 근로 활동으로 친다면 이런 조사 결과가 나올 수 있을 것이다. 그나저나 매일 두 시간씩 뭘 하는 걸까? 내 둔한 상상력으로는 점심 먹고 한숨 자는 거밖에 생각나지 않는다.

하여튼 이런 조사 결과가 나오자 프랑스 신문들은 두 손 들어 환영했다고 한다. '프랑스인은 게으른 식도락가'라는 주장이 거짓이라는 걸 확인시켜주었기 때문이란다. 일간지 〈르 파리지앵〉은 '프랑스 사람들이 자유시간과 빈둥거리며 노는 것에 중점을 둔다고 생각하는 사람들에 대해 생각해보는 기회'를 주었다고 전했단다. 오죽 찔렸으면 언론까지 나서서 "우리는 빈둥거리는 사람이 아니랍니다."라고 노래를 할까 싶다.

이렇게 노는 듯 쉬는 듯 살면서도 프랑스 1인당 GDP는 2008년 현재 4

만 8,012달러나 된다. 우리의 2.4배가 넘는 수치다. 우리는 어느 누구 할 것 없이 코피 터지게 일하는 것 같은데 고작 1만 9,638달러밖에 안 된다.

나는 다리만 만져보고 코끼리가 어떻게 생겼다고 말하면 안 된다고 생각하는 사람이다. 그래서 하는 얘긴데 PC방은 프랑스에서 나름대로 바쁘게 돌아가는 공간 중 하나였다. 나는 한국에서는 거들떠보지도 않던 PC방을 프로방스에서 자주 갔다. 내가 머물던 방에 인터넷이 연결되지 않았기 때문이다. 무거운 노트북을 싣고 12킬로미터를 달려 엑상프로방스 시청 뒤편에 있는 PC방엘 가곤 했다. 시간당 4유로 하는 주차비를 내고 시간당 인터넷 사용료로 3유로를 지불해야 했지만 토요일에도, 일요일에도 문을 열어주는 게 그저 고마웠다. 역시 젊은이들이 모이는 곳, 전 세계가 동시에 움직이는 온라인 공간은 프랑스 같은 나라에서도 핑핑 돌아가고 있었다. 다만 한 가지 말하고 싶은 건 PC방 손님 대부분이 영어권 유학생과 아시아권 청년들이라는 거.

지중해에 한번 빠져보시겠습니까

떠나자 지중해로 잠든 너의 꿈을 모두 깨워봐

나와 함께 가는 거야 늦지는 않았어

가보자 지중해로 늦었으면 어때 내 손을 잡아봐

후회 없이 우리 다시 사는 거야

|박상민의 노래 〈지중해〉 중에서|

'지중해에 가면 몸을 한번 담가봐야 한다'고 생각해왔다. 그런데 나만 그렇게 생각한 게 아니었다. 인터넷을 돌아다니다 보니 약속이나 한 듯 이런 표현을 쓰는 사람이 많았다. 기독교인이면 세례를 받아야 하는 것처럼 지중해를 본 사람이면 그 물에 몸을 담가야 한다고 생각하는 것 같다.

'지중해의 보석' 니스의 언덕에 있는 옛 성터에서 내려다 본 항구.

하지만 지중해에 몸을 굳이 담가야 할 이유는 없다. 몇 차례 경험으로 볼 때 지중해에 이렇다 할 치유력은 없다. 무좀이나 피부병이 없어서 효험이 있는지 내 몸으로는 확인하지 못했지만 다른 그 누구도 그런 걸 증언하지 않았다. 그렇다고 남 뒤에서 욕하는 병과 돈을 밝히는 질환이 고쳐진 것도 아니었다.

그럼에도 나는 원인을 찾기 힘든 '지중해성 강박'에 시달렸다. 이번에 내가 프로방스에서 가본 지중해변 도시는 에그모르트, 생 마리 드 라메르, 마르티게스, 레스타크, 마르세유, 카시스, 라시오타, 툴롱, 생트로페, 프레주, 칸, 주앙 레 팡, 앙티브, 니스, 모나코, 망통 등으로 주욱 이을 수 있는데 이들 도시를 목적지로 정할 때면 수영복과 세면도구를 늘 차 트렁크에 넣었다.

계절이 봄 여름이라면야 지중해에 뛰어드는 건 목욕하기 전 옷 벗는 것처럼 당연하달 수 있다. 하지만 가을과 겨울에도 지중해에 몸을 담그고 싶은 마음이 사그라들지 않았다.

담그는 게 뭐 그리 어려운 일이냐고 하실지 모르겠으나 그게 그렇지가 않다. 내가 말하는 담그기란 쩨쩨하게 신발, 양말 벗고 발목이나 살짝 담갔다가 호들갑스럽게 뒷걸음질치는 수준이 아니다. 남자가, 뭘 좀 담근다고 할 때는 점잖게 말해서 배꼽 바로 아래까지는 들어가줘야 한다는 말이다.

내가 가을 겨울에 지중해 세리모니를 해야겠다고 마음먹은 건 순전히 여성들 때문이었다. 10월 중순쯤 나는 이탈리아 국경이 코앞인 레몬 축제의 도시 망통의 해변에 있었는데 그때 중년 여성이 원피스 수영복을 입은 채 헤엄치는 모습을 보았다.

망통의 해안선은 오메가º를 뒤집어놓은 꼴이다. 그런 지형적 특성 덕분에 파도가 잠을 자는 곳이어서 수영 좀 하는 사람이라면 당장이라도 뛰어들고 싶어진다.

수영을 마친 그 여성은 여름이불만한 수건을 두르고 샤워대로 가서 얌전하게 제 할 일을 다 했다. 한 가지 유감스러운 것은 그녀가 아무 데서나 여보란 듯이 속옷을 갈아입는 유형의 여성은 아니었다는 점이다. 과거 한때 동서양의 문화 차이를 속 깊게 연구하기 위해 독일 프랑크푸르트와 바덴바덴에서 남녀 혼탕을 몇 차례 취재한 바 있는 나로서는 그녀 역시 자연스럽게 내가 기대하는 동영상을 즉석에서 보여주리라 예상했다. 뭐, 여성 나체를 일삼아 찾아볼 나이는 한참 지났지만 그렇다고 남 앞에서 스스럼 없이 옷을 벗는 여성에게 다가가 "이러시면 아니되옵니다."라고 굳이 말릴 만큼 여성 보호에 적극적인 사람은 못 되니까.

12월의 칸에서도, 니스에서도 겨울 바닷물에 몸을 식혀야 직성이 풀리는 열혈 여장부를 자주 봤다. 가위로 오려낸 것처럼 몸매가 다 드러나는 스쿠버 수영복을 입은 아가씨도 있었고, 발열 기능이 따로 있을 것 같지 않은 원피스 수영복만 달랑 입은 아줌마도 눈에 띄었다.

"그래서 너도 담가봤다는 거야 말았다는 거야?" 하고 물으신다면 나는 인사청문회에 불려나온 사람들처럼 이렇게 말해야 한다. "한 것 같기도 하고 안 한 것 같기도 합니다."

11월 초순쯤 칸 해변의 모래사장 카페에서였다. 내 일행(의 프라이버시를 위해 소개하지는 않겠다)과 커피를 시켜놓고 해바라기를 하는데 바로 앞

바다에서 중년의 커플이 헤엄을 치고 있었다. 남자는 긴 팔과 다리로 헤엄을 치는 게 꼭 물 위를 걷는 소금쟁이 같아 보였다. 여자는 자맥질을 자주 하는 폼이 물개 같았다.

따뜻한 햇볕에 다리 하나가 다 녹아 없어지려는 그때 옆에서 내 일행이 "수영하고 싶지 않아?" 하고 물었다. 가뜩이나 물水욕을 누르고 있는 나를 자극하고 만 것이다.

"하고 싶지, 당연히. 지난번에도 여기서 했거든."

2000년 칸 영화제 장편 경쟁부문에 초청된 임권택 감독의 〈춘향뎐〉을 취재하러 왔을 때 짬을 내 지중해에 나를 담근 적이 있었다. 홍상수 감독의 영화 〈오! 수정〉도 '주목할 만한 시선' 부문에 초청됐는데 그 영화에 출연했던, 칸 해변에서 까끌까끌해 보이는 하얀 원피스를 입고 있던, 안타깝게도 지금은 이 세상에 없는 영화배우 이은주 양과 인터뷰를 한 다음날인가 다다음날인가였다. 아직 30대였던 그때 나는 "칸 앞바다에서 수영하고 왔다."고 하지 않고 굳이 접영을 했다고 까불댔다.

그 전 해에는 근처의 해변에서 그 바쁜 김동호 부산영화제 위원장을 만나기도 했다. 백발이 성성한 연세에 공식 초청작 관람, 영화인 면담 등으로 일분일초를 쪼개 쓰던 그 양반이 어떻게 짬을 냈는지 물과 모래에 양다리를 걸치고 있었다. 신사복 차림에 바지는 둥둥 걷어붙이고 한 손엔 구두를, 한 손엔 상의를 든 모습이었다. 우리는 마치 근무지 이탈이라도 한 듯 서로 겸연쩍게 인사를 나누고는 몇 마디 말을 주고받다 각자 갈 길을 갔다.

나는 용맹스럽게도 트렁크만 걸친 채 어느새 칸 앞바다로 뛰어들고 있었다. 마침 커피를 주문해 마셨던 모래사장 카페 옆에 샤워 시설 있겠다, 해안도로 옆에 주차해놓은 차에 세면도구 있겠다, 기온도 20도 가까이 되겠다, 내 뱃살을 발설할 놈도 없겠다, 여러 조건이 안성맞춤이었다.

그러나 그러지 말았어야 했다. 몸서리를 치며 쳐들어간 바닷물 온도는 참을 만했다. 파도도 그리 세지 않았다. 하지만 치명적이게도 트렁크가 말을 듣지 않았다. 몇 번 팔을 젓지도 않았는데 트렁크가 훌러덩 벗겨졌다. 볼일 보려고 내릴 때보다 더 쉽게 흘러내렸다. 그게 얼마나 난감한 일인지는 경험해본 사람은 다 알 것이다.

결국 5분을 못 견디고 팔짱을 낀 채 어깨를 귀에 붙여올리고는 샤워실로 갔다. 차라리 늘 해보고 싶었던 방식, 그러니까 프랑스 영화에 나오는 청춘들처럼 신발 신은 채 옷 입은 그대로 바다로 뛰어 들어갈 걸 하는 후회가 밀려왔다. 그랬으면 폼이라도 났을 것이고 나중에 뭔가 할 얘기도 있을 것이었다. 하지만 나는 이미 사려 깊은 소심함이 뼛속까지 밴 중년이었다.

수건으로 물기를 털고 나오자 기다렸다는 듯이 오한이 달려들었다. 입술은 금세 만년필을 빨아댄 것처럼 퍼레졌다. 살갗엔 왕소금 같은 소름이 돋았다. 저절로 어금니를 앙다물었다. 그 바람에 목의 힘줄까지 기타 줄처럼 부르르 떨렸다. '시작은 미약하나 끝은 창피하리라!' 였다. 그나저나 나는 '한 건가 안 한 건가?'

판단은 독자께서 해주시기 바란다.

Just Do It! OK?

지중해에서 할 수 있는 게 수영 만은 아니다. 프로방스 일대의 지중해에서는 어디서든 요트, 카약, 윈드서핑, 스쿠버다이빙 등 다양한 수중 스포츠를 즐길 수 있다. 하지만 서민 출신이다보니 그런 고급 스포츠를 누릴 형편은 아니었다. 대신 맨몸으로 할 수 있는 최고의 스포츠, 뜀박질을 했다. 혹시 오해하실까 싶어 하는 말인데 물 위를 뛰었다는 게 아니라 물 옆을 뛰었다. 육상동물다운 선택이었다.

아무래도 가장 기억나는 건 세계적인 카니발로 유명한 니스 해변의 '프롬나드 데 장글레', 우리말로 '영국인 산책로'에서 했던 (산책이 아니라) 조깅이다. 이 산책로는 프랑스에 거주하던, 햇볕에 굶주린 영국인들이 1820년대에 조성한 곳이다. 한쪽으로는 지중해가 펼쳐져 있고 반대쪽에는 고급 호텔과 카페와 미술관이 즐비하다.

롤러 블레이드를 타고 니스의 '프롬나드 데 장글레(영국인 산책로)'를 쌩쌩 달리던 긴 머리 청년.

10년 전 처음 이곳에 출장 왔을 때 발목까지 내려오는 코트를 입고 이어폰을 꽂은 채 긴 머리를 휘날리며 롤러 블레이드를 타는 중년 남성을 보고 두 가지를 하겠노라고 마음먹었다. 첫째 귀국하자마자 롤러 블레이드를 살 것, 둘째 다시 이곳에 와서 뛰어볼 것이었다. 첫째 것은 바로 실현됐다. 당시 롤러 블레이드가 국내에서 그리 흔한 물건은 아니었지만 큰 맘 먹고 구했다. 다 늦은 나이에 무릎 관절이 깨지는 고통을 감수한 끝에 그 목표는 달성했다. 하지만 둘째 것은 어려웠다. 그후로도 두어 번 더 니스에 갔으나 달릴 형편이 못 되었다.

이번에는 오며가며 너덧 번이나 니스에서 자는 바람에 트레이닝복 차

림으로 그 넓고도 길고도 활기차고도 화려하고도 아름답고도 청량하고
도 깨끗한 길을 달리다 걷다 앉았다 섰다 하며 완주했다. 아침 나절엔 허
연 입김을 토해내며 청회색 대기를 가르는 맛이 좋았다. 해질녘엔 핏빛
으로 물드는 하늘과 하나둘 켜지는 네온사인과 자동차들의 라이트 행렬
을 보며 내 그림자와 함께 뛰었다.

그러나 내 주행 속도는 형편없었다. 기록 경신을 했다고 니스 시에서 표
창장을 줄 리도 없겠지만 그보다는 너무도 오래 달리지 않아 나이키 광고
가 명령하는 것처럼 'Just Do It!' 할 몸 상태가 아니었다. 출렁거리며 달
리는 여성들에게마저 추월당해도 어쩔 수 없었다.

그 여성들은 나를 제치고 앞으로 튀어나가는 게 미안했는지 내가 부탁
하지도 않은 선물을 주었다. 자신들의 외모를 훔쳐볼 기회를 넉넉하게
제공한 것이다. 랩으로 싼 과일처럼 바디 라인을 한껏 드러낸 그들의 몸
매도 몸매지만 여성만이 표현할 수 있는(남자가 그러면 끔찍한) 자발적이
고도 역동적인 떨림이랄까 율동이랄까 아무튼 그런 걸 과시했다. 평소
의상이 훨씬 더 과격한 우리나라 여성들은 절대로 보여주지 않는 율동이
었다. 도대체 한국 여성들은 달리기를 할 때 자연적으로 발생하는 저 아
름다운 율동을 어떻게 막는 걸까?

조깅을 바닷가에서만 하라는 법은 없다. 프로방스 내륙 다시 말해 도
심, 들판, 산길 어디서든 사람들은 뛰었다. 비가 오는 날에는 우의를 입
고, 캄캄한 밤에는 연두색 야광 조끼를 입고 달렸다. 가끔 어디서부터 달
려온 것일까 궁금해질 정도로 사방 몇 킬로미터에 인가가 없는 들길을
뛰는 사람도 많았다. 혼자서 호젓하게 달리는 그들을 보면 차를 그 자리

에 세워놓고 함께 달려줄까 싶을 때도 없지 않았다.

조깅족 못지않게 프로방스를 누비는 사람들은 자전거족이다. 프랑스의 평야와 산악을 두루 일주하는 세계 최고 권위의 사이클대회 '투르 드 프랑스'가 괜히 프랑스에서 열리는 게 아니었다. 걸음마를 갓 뗀 아이부터 쫄바지 운동복조차 헐렁할 정도로 종아리가 야윈 노인네까지 페달을 밟고 또 밟았다.

해발 2,000미터가 넘는 방투산에서 봅슬레이처럼 빠른 속도로 자전거를 타고 내려오는 총각을 보기도 했다. '바람의 산'이라는 이름에 걸맞게 회초리로 종아리를 맞는 것처럼 따가운 바람이 부는 그날은 눈까지 쌓였는데 녀석은 반바지 차림으로 페달을 돌렸다. 그 청춘이 부러워 이죽거렸다.

"정상에 자전거로 올라간 건 아니지? 차에 싣고 올라갔다가 타고 내려오는 거 아니냐고. 그래 가지고 운동이 되겠냐?"

자전거족을 자주 보고 있자니 '나도 한번?' 하는 생각이 들었다. 안 타던 자전거를 타면 어떻게 되는지 뻔히 알면서도 사랑스런 집주인 베티에게 자전거를 빌렸다. 헬멧도 없이 비포장길 2킬로미터 정도를 털렁거리며 달린 끝에 아스팔트 도로에 닿았다. 다행인지 불행인지 경사진 길이었다. 고통은 피하고 보자는 좌우명대로 발을 페달에 올려놓은 채 길고도 긴 내리막길을 달렸다. 신선한 공기가 뺨을 토닥거렸다. 자전거로 통학하던 중학교 시절처럼 핸들에서 손을 떼보려는 순간 핸들이 드릴처럼 후들거렸다. 나이값 하라는 신호였다.

역시 내리막 다음은 오르막이었다. 자전거 안장 끝에 시달리던 사타구니의 비명을 들으며 페달을 밟다 얼마 못가 땅에 내렸다. 마치 패잔병이라도 된 것처럼 창피했다. 프랑스에서 그 많은 자전거족을 봤지만, 자전거를 세워놓고 쉬는 사람은 있어도 그것을 끌고 경사길을 올라가는 사람은 못봤다. "프로방스는 네덜란드가 아니에요." 베티의 말이 그제야 무슨 뜻인지 알게 됐다. 프로방스는 네덜란드처럼 평평한 지역이 아니니 헛고생 말라는, 완곡하고도 세련된 '충고'였던 것이다.

딱 한 번 자전거를 탄 뒤 내 정체성을 다시 확인했다. 나는 제 몸을 학대하면서 즐거워하는 사람들과는 같은 편이 될 수 없는 인간이었다. "운동은 무용지물이다. 건강할 때는 불필요하고 병들었을 때는 해서는 안 된다."는 강령이 내게는 어울렸다.

제 몸을 학대할 필요가 전혀 없는 운동이 프로방스에 없는 건 아니다. 페탕크가 그것이다. 이 놀이는 탁구공보다 조금 작은 나무공을 6~10미터 거리에 던져놓은 뒤 주먹만한 쇠공을 던져서 그 공 가까이에 붙이는 경기다. 내 나이엔 놀이처럼 보이지만 60~70대 노인에게는 운동이다.

프로방스에서는 흙바닥으로 된 공터만 있으면 어디서든 쇠공 부딪힐 때 나는 '따딱' 소리가 들렸다. 그 단조로운 경기를 하는 노인들의 눈초리와 표정은 삼엄하고 진지했다. '마누라 하루 빌려주기' 같은 내기를 건 것도 아닌데 말이다. 나이값 못하고 아무 거나 다 따라하려는 불출이지만 이 경기에는 끼어들지 않았다. 나는 페탕크를 하기엔 너무도 팔팔한 청춘이었다.

마땅히 할 운동도, 파트너도 없지만 내 몸속에서는 운동에 대한 열망이 끓었다. 스포츠 중계를 볼 수 없어서 더 그랬다. 그래서 내가 머물던

프로방스에서는 공터가 있는 곳이면 어디에서나 "따닥" 소리가 난다. 노인들이 페탕크 놀이를 하는 것이다.

동네 스포츠 단지에 자주 들렀다. 인구 6,000명 정도 되는 작은 동네지만 그곳엔 우리 국가대표 선수도 부러워할 드넓은 잔디구장이 있었다. 순서를 기다리지 않고 아무때나 사용할 수 있는 테니스장, 웬만한 프로 스포츠단도 보유하지 못한 실내 체육관, 자전거 곡예 연습장도 있었다.

내가 즐겨 간 곳은 축구장이었다. 집으로 가는 길에 있기도 하거니와 조명등을 환하게 켜놓은 잔디 축구장은 우리나라에선 쉽게 볼 수 없는 곳이었기 때문이다. 나는 대한축구협회로부터 아무런 지시도, 경비도 받지 못했지만 프랑스 축구 기밀을 빼내려는 스파이처럼 망원 렌즈까지 장착하고 셔터를 눌러댔다. 고등학생 또래로 보이는 선수들의 연습 장면을 보는 동안 손가락이 근질근질해 죽을 지경이었다. 축구협회 기술위원회에 제보전화를 걸고 싶었던 것이다. 컨베이어 벨트 돌아가듯 선수들이

'아트 사커' 프랑스의 저력은 시골 구석까지 마련돼 있는 잔디구장과 체계적인 훈련에서 나오는 게 아닐까.

순서대로 하프라인 근처에서 쏘아대는 슈팅 연습장면은 그야말로 감동이었다. 펑펑 터지는 중장거리 슈팅이 그렇게 위력적일 수 없었다. 골 결정력 부족 때문에 전 국민이 스트레스를 받는다는 걸 축구협회가 알고 있다면 당장이라도 저런 연습 시스템을 도입해야 한다고 이 연사 강력하게 주장하는 바이다.

축구장에 자주 간 것은 한국 축구에 대한 걱정 때문만은 아니었다. 그곳엔 푸릇푸릇한 아이들이 있었다. 그들에게서 내 아이들을 보고 싶었다. 갈수록 서먹해지고 있지만 아이들은 누가 뭐래도 내 인생 최고의 업적이다. 무슨 일을 한들 그보다 더 완벽한 창작물을 내 힘으로 만들어낼 수 있을 것이라고는 생각하지 않는다.

그렇다면 그들에게 최선을 다해야 할 텐데 결코 그렇지 못했다. 아내는 내가 가장답지 않은 행동을 할라치면 아이들 들으라는 듯 "언제 기저귀 한 번 갈아준 적 있어?" 하며 몰아붙였다. 그 말 앞에서 나는 간단히 무너졌다.

어느날부턴가 집 안에서 내 모습이 자주 보이기 시작하고 그게 곧 프로방스로 날아갈 조짐이었다는 걸 눈치챈 내 딸은 제 앞가림도 버거울 고3 주제에 나에게 말했다.

"우리한테 말한 것처럼 아빠도 아빠가 하고 싶은 걸 하면서 살아!"

맹랑하기 짝이 없는 말이었다. '아빠가 하고 싶은 걸 하면서 살아가라'는 말에 담긴 그 복잡하고도 오묘한 의미를 알기나 하는 걸까 의심이 들었지만 그 말에 내가 일말의 용기를 얻었다고 말하지 않는다면 위선자일 것이다. 그 아이를 위해 사교육비 한 푼 보태지 않은 일을 자책하지는 않는다. 다만 아이의 눈에 내가 어떻게 비쳤을까 생각하니 가슴 한 켠이 서늘했다. 사실 고3씩이나 된 아이를 위해 내가 할 수 있는 건 많지 않다. 그저 곁에 있어주는 것만이 내가 할 수 있는 최선이리라. 그러나 그마저도 못한 불량 아빠가 되고 말았다.

프로방스뿐 아니라 프랑스의 시골 구석구석에까지 잘 갖춰진 스포츠 시설을 보면서 이런 나라에 살고 싶다는 열망이 강해졌다. 우리 지방자치단체들도 이런 기반시설을 갖춰놓으면 얼마나 좋을까. 이런 거부터라도 하나하나 해나가면 주민들은 자기 고장에 자부심을 갖게 될 텐데 싶었다. 그러면 살기 좋은 곳으로 이름이 날 것이고 뜻있는 사람들이 몰려들 텐데……. 그러나 우리의 지방자치단체들은 이런 말을 귓등으로 흘려버릴 텐데 싶었다.

4장
예술은 길고 시간은 덧없어

추도문보다 강력한 느낌을 주는 게 고인의 사진이다.
내가 공동묘지에서 사색에 잠기게 된 것은
뽀송뽀송한 얼굴의 사진을 보고서였다.
지금의 나보다 훨씬 더 어릴 때 찍은 여성의 모습이 그렇게 생경스러웠다.
그것을 보는 순간 저기 묻혀 있는 고인도 저럴 때가 있었구나,
나도 얼마 안 남았겠지 하는 생각이 들었다.
고인을 쏙 빼닮은 자손이 저 사진을 보면 어떤 기분일까,
도대체 나는 어떤 모습으로 기억될까······.

노오엘~ 노오엘~노오엘~ 노오엘~

"I am the king of the world(나는 세상의 왕이다)."

영화 〈타이타닉〉 감독 제임스 캐머런은 1998년 아카데미 시상식에서 11개 상을 휩쓴 뒤 이렇게 말했다. 그보다 30년 앞서 나는 진짜 '세상의 왕'이었다. 이렇게 말하고 보니 80대 노인이 된 기분이지만 아직 40대 중반이다. 그때 나는 크리스마스를 앞두고 소정의 교육을 잘 이수했다는 보고와 함께 그동안 뒷바라지하시느라 고생했다는 감사의 예를 표하기 위해 내 백성들과 신하를 데리고 부모들 앞에서 공연을 했다. 간단하게 설명하면 유치원 재롱잔치 연극에서 내가 왕 역할을 했다는 말이다.

당시 나는 왕 못지 않았다. 웃자랐던지 덩치가 커서 완력으로 왕 노릇을 했다. 우윳빛 피부에 웃는 모습이 아름다웠던 선생님 사랑도 독차지했다. 물론 나도 그녀를 무척 사랑했다. 수업이 끝나도 집에 가기 싫었고 밤에도 그녀가 보고 싶다고 징징대 부모를 긴장시켰다. 이렇게 권력과 사랑을 완벽하게 거머쥘 수 있는 건 왕뿐이다.

그러나 왕에게도 남모르는 고민이 있는 법이다. 크리스마스 공연이 끝나고 나서였다. 산타클로스 할아버지는 선물을 나눠주면서 내 잘못된 습관과 버릇을 무서울 정도로 정확히 짚어냈다. 하늘에서 내려온 진짜 산타클로스였다. 하지만 집에 돌아와 포장지를 뜯었을 때 적잖이 실망했다. 주전부리가 부족했던 당시 아이들에게 가장 인기 있는 종합과자 선물세트였으나 왕에게 합당한 것은 아니었다. 나는 선물을 준 그 산타를 의심했다. 진짜 산타라면 내가 뭘 원하는지 알아야 했다. 내가 내심 바랐던 선물은 스케이트 날을 단 기성품 썰매였다. 그 썰매는 하이힐을 신은 여자처럼 키가 커 폼이 났고 KTX만큼 빨랐다. 이웃 동네 아이들과 벌이던 썰매 전투를 이끌어야 하는 왕이라면 반드시 갖춰야 할 전투장비였다. 그러나 내 썰매는 'made by 아버지'였다. 굵은 철사로 날을 만들어 높이도 낮았고 주행속도도 느린 데다 작은 지푸라기도 뛰어넘지 못해 기동력이 떨어졌다.

지금 생각하면 하루하루가 전쟁 같던 그 시절, 그 형편에 우리 부모는 무슨 배짱으로 날 유치원에 보냈는지 모르겠다. 그때 그 선물 역시 한참 무리해서 장만했을 텐데 그걸 알기에 나는 너무 어렸다. 사죄하는 차원에서 한참 늦었지만 그들을 위해 내가 한 것이 뭐가 있을까 리스트를 만들어보려 했다. 거짓말 같이 생각나는 게 하나도 없었다. 유럽 땅이라도 한번 보내드릴 걸……. 아쉬움뿐이었다.

내가 40년 전 기억을 떠올린 것은 프로방스 북동쪽에 있는 도시 디뉴레 뱅에서였다. 따뜻한 아랫녘 프로방스와 달리 이곳은 위도가 제법 높은 데 다 산골이어서 눈이 자주 내린다. 내가 갔을 때도 크리스마스 분위기가 나도록 함박눈이 내렸다. 한국인 입양아 출신 브뤼노 씨 초대로 그곳에 갔는데 그의 직장 동료들이 가족과 함께하는 크리스마스 파티에 참석했 다가 까맣게 잊고 있었던 유치원 시절의 추억을 기억해낸 것이다.

파티는 프랑스말로 '메리 크리스마스'에 해당하는 '조이유 노엘 Joyeux Noël'을 주고 받으며 시작됐다. 진행은 마술사, 피에로, 사회자, DJ 역할 까지 혼자 다 해치우는 만능 엔터테이너가 맡았다. 그 자리에서 사회자 가 아이들 이름을 호명하면 산타가 아무 말 없이 선물을 건넸다. 무미건 조한 선물 전달식이었지만 아이들은 상관하지 않았다. 선물만 있으면 되 니까.

아이들 행사가 끝나고 본격적인 파티는 오후 7시쯤 펼쳐졌다. 아코디 언 연주곡이 흐르는 가운데 사람들은 과일주 칵테일에 가벼운 스낵을 씹으면서 수다를 떨었다. 가만히 있으면 무인도에 홀로 떨어진 듯 고독 해질 수 있는 게 스탠딩 파티다. 모두 처음 만나는 사람들이고, 말도 통 하지 않다보니 내가 꿔다놓은 보릿자루가 되는 건 당연했다. 그걸 막기 위해 브뤼노는 도저히 이름을 다 외울 수 없을 만큼 많은 동료를 소개시 켰다. 그들은 처음 보는 내게 뺨을 빌려주며 살갑게, 건성건성 나를 맞아 주었다.

낯선 것에 호기심을 갖는 자는 어디에나 있다. 부르지도 않았는데 느 닷없이 나타나서는 "봉수아, 킴." 하며 의자를 당겨 내 앞에 앉는 자가 하

프로방스 북쪽 지역에 속하는 도시 시스테롱의 크리스마스 장식에 하얀 눈이 소복히 내려 앉았다.

아비뇽 시청 로비에 펼쳐놓은 크리스마스 식탁. 프로방스 일대에서 많이 생산되는 과일과 견과류 13가지로 구성한 크리스마스 전통음식인 '13 디저트'가 놓여 있다.

나둘 생겼다. '어디서 왔냐? 남쪽이냐 북쪽이냐? 축구 좋아하느냐? 2006 독일 월드컵 때 프랑스와 한국의 경기를 봤냐? 직업은 뭐냐? 어디가 프랑스에서 가장 좋았냐? 앞으로 어딜 갈 거냐?' 그들은 영양가 없는 질문만 했다. 브뤼노를 봐서라도 콧소리로 "으흥, 으흥." 맞장구를 쳐대며 면접시험 보는 수험생처럼 성실하게 답변했다.

와인이 돌고 프랑스의 기나긴 풀코스 식사 시간이 되었다. 수줍은 개는 배를 채울 수 없는 법. 식전 요리인 앙트레부터 디저트까지 적극적으로 다 받아들였다. 거위의 간으로 만드는 푸아그라가 그날 따라 입에서 살살 녹았다. 캐비어^{칠갑상어 알}, 트뤼프^{송로버섯}와 함께 프랑스가 내세우는 3

대 고급 음식재료인 푸아그라가 아닌가. 그걸 바게트에 듬뿍 퍼바르면서 브뤼노는 흔치 않은 거니 많이 먹어두라고 나를 챙겼다. 프로방스의 크리스마스 전통음식인 '13 디저트'도 요것조것 맛을 봤다. 배, 무화과, 자두, 살구, 왕대추, 건포도 등 프로방스 일대에서 많이 나는 과일과 견과류 13가지로 정성껏 구색을 갖춘 이 음식은 이때 아니면 먹기 힘들다.

식사가 중간중간 끊어지자 사람들은 대리석 바닥 무대로 나가 땀 나도록 춤을 췄다. 사이키델릭 조명은 없었다. 바닥도 그리 매끄럽지 않아 발바닥을 비비기 힘들었다. 술에 취하지 않은 맨 정신으로도 사람들의 스텝은 빨라졌다. 그럴 수 있는 게 이상하기도, 부럽기도 했다.

브뤼노는 어느새 머뭇거리는 사람들을 개 끌 듯 해서 영화에서나 가끔 본 인간기차를 만들어 넓은 홀을 아나콘다처럼 느릿느릿 돌았다. 그는 내게 금발 여성의 어깨를 분양해줄 테니 함께 돌자고 졸라댔다. 몇 번 사양하고 있는데 내 속에서 누군가 말했다.

"여긴 프랑스라고. 또 크리스마스잖아. CCTV처럼 가만히 있는 것보다는 나을걸. 술도 깨고."

춤을 추면서 사방팔방으로 찌를 수 있는 디스코 세대답게 나는 거칠고도 광포한 율동을 과시해주었다. 파티는 새벽 2시가 돼서야 끝났다.

프로방스에서 크리스마스 분위기는 유럽 다른 지역과 비슷하게 11월 마지막 주 전후로 감지된다. 가지치기로 단정하게 이발한 가로수에 각양각색의 전구가 걸리는 게 신호탄이다. 도시마다 개성을 살린 전구 장식이 끝나면 중심도로 옆 인도나 광장엔 나무로 짠 장난감 집 모양의 노점과 유아용 놀이기구가 등장한다.

노점에서 파는 품목은 장식용 조각, 실내등, 거울과 여성용 옷가지, 장신구, 비누 등 다양하다. 하나같이 예뻐서 그것들을 찬찬히 보면서 걷노라면 한두 시간은 훌쩍 지나간다. 나는 프로방스의 대표적 공예품인 '상통'의 판매대 앞에 섰을 때 손이 근질근질했다. 상통은 진흙으로 정교하게 형체를 만든 뒤 물감을 바른 것인데 웬만한 조각품 뺨친다. 사람, 동물, 건물, 식물 등 종류도 다양하고 크기도 손가락보다 작은 것에서부터 어른 팔뚝만한 것까지 가지가지다. 공장에서 찍어내는 게 아니라 손이 많이 가는 수공품이어서 손가락만한 게 1만~2만 원이나 한다. 가격이 만만치 않다보니 프랑스 사람들도 한꺼번에 많이 구입하지 않는다. 몇 년에 걸쳐 품목을 늘려야 한 세트의 장식품이 되는 것이다.

12월 중순으로 접어들면서 프로방스 도시에선 종종 산타할아버지가 나타났다. 그들은 지나가는 아이들에게 덕담을 해주며 사진을 함께 찍었다. 옛 추억에서 빠져나오지 못한 어른들이 팔을 벌리고 다가가면 포근하게 안아주기도 했다. 네 번째인가 다섯 번째인가 아비뇽을 찾아갔을 때는 시청 앞 광장에 연주단이 나와 캐롤을 연주했다. 함께 온 광대들은 발바닥으로 박자를 맞추며 구경하는 행인들 손을 이끌어 춤판을 만들곤 했다.

큰 명절을 보내는 방식은 동서양이 비슷해서 프랑스 사람들도 크리스마스 때는 가족과 함께 지낸다고 한다. 크리스마스 전날부터 연말까지 긴 휴가를 즐기는 동안 맛있는 거 해먹고 그동안의 안부를 주고받으며

12월이 되면 도시 곳곳엔 크리스마스 용품을 파는 노점들이 들어선다. 다양한 장식품이 눈길을 끄는데 봉제 인형(위)과 '상통'이라 부르는 채색 점토인형(가운데)이 특히 인기있다.

회포를 푼다. 그러다 상처 주는 말에 "다시는 오나 봐라." 했다가 이듬해 다시 오는 식이다.

가족들이 함께하는 크리스마스의 최고 이벤트는 이브의 성탄미사다. 그 광경을 보러 12월 24일 밤 11시쯤 엑상프로방스 생 소뵈유 성당으로 차를 몰았다. 성당 입구에 다다르자 집시 아줌마들이 비공식적인 입장료를 걷고 있었다. 명절 대목을 보기 위해 아이를 최대한 불쌍하게 끌어안고는 꼬질꼬질한 빈 컵을 내밀었다. 별 호응은 없었다. 평소엔 텅텅 비던 성당은 사람들로 빼곡했다. 대부분 가족 단위로 왔는데 그 모습이 천차만별이었다. 꾸벅꾸벅 졸고 있는 아이의 허벅지를 꼬집는 중년 부부, 성당을 격투기장으로 착각한 10대 꼬마들, 머지않아 저 세상에서 주님을 직접 보게 될 노부부, 미사에 들어오기 직전에 사랑에 빠졌는지 연신 입을 맞추는 연인, 무슨 죄를 그렇게 많이 지었는지 스카프를 두른 채 눈물을 뚝뚝 흘리는 아주머니, 강론 말씀 한 마디도 못 알아들으면서 무슨 구경 났다고 40리 길을 달려온 동양의 이방인……

나를 위한 영어 통역은 없었지만 설교는 이해할 만했다. 사실 성탄 미사에서 신부님이 들려줄 강론의 내용은 거기서 거기일 가능성이 높지 않은가. 주님이 이 땅에 오신 이유를 말씀하실 테고 그 뜻을 받들어 회개하고 사랑을 베풀라고 하실 터였다.

나는 성가대의 라이브 찬송에 충분히 감동했다. 보이 소프라노의 독창은 청아했다. 얼마나 연습을 시켰는지 그 또래 아이들의 노래에서 감지되는 긴장성 바이브레이션이 없었다. 미사를 주재하는 신부님의 뚱뚱한 음성은 보이 소프라노와 묘한 조화를 이뤘다. 웅장한 합창은 같은 멜

로디와 가사를 반복해 미사가 끝날 때쯤에는 몇 소절을 따라할 수 있게 됐다.

미사가 끝나고 미라보 거리를 밝히는 크리스마스 조명을 보며 나는 걷고 또 걸었다. 마침 귀에 익은 캐롤송이 들렸다. 빙 크로스비의 음성처럼 부드러운 '고요한 밤 거룩한 밤'이었다. 내 입술이 들썩거렸지만 아무도 들어주지 않았다. 고요한 밤이었다.

메멘토 모리! 죽음을 기억하라

죽음에 대해 자주 말하지 마라.

죽음보다 확실한 것은 없다.

인류의 역사상 어떤 예외도 없었다.

확실히 오는 것을 일부러 맞으러 갈 필요는 없다.

그때까지는 삶을 탐닉하라.

우리는 살기 위해 여기에 왔노라

|셰익스피어|

내가 정말 좋아하는 영화감독 중에 쿠엔틴 타란티노란 자가 있다. 그를 굳이 '놈 자者'자를 붙여 말하는 것은 나와 동갑내기이기 때문이다. 그렇다고 내가 그를 낮춰 본다는 건 아니다. 키가 자그마치 190센티미터

나 돼 그러고 싶어도 그럴 수가 없다. 오히려 그를 숭배한다. 왜냐고? 당연히 영화를 잘 만들기 때문이다.

그의 영화가 다 좋지만 내가 두 손 두 발 다 들게 된 것은 〈킬 빌 2〉의 한 장면 때문이다. 주인공인 여성 킬러 '흑 코브라' 브라이드우마 서먼는 한때 동료였던 '방울뱀' 버드마이클 매드슨에게 붙잡혀 산 채로 관 속에서 매장당할 위기에 처한다.

이 장면에서 천재 감독 타란티노는 까맣게 처리한 스크린에 몇 개의 노란 선을 그어놓고는 "니네들도 한번 당해봐."라는 투로 관객을 괴롭힌다. 그 노란 선은 산 채로 관 속에 누운 흑 코브라에게 보이는, 나무판자 사이로 비쳐드는 빛이다. 선은 시간이 가면서 점점 사라져 스크린은 완전히 블랙이 된다. 흙이 관 틈을 다 메운 것이다.

그러는 동안 스피커에서는 흙과 자갈이 관 위로 쏟아지는 소리가 흘러나온다. "투다닥 툭탁 푸브북 스스슥(젠장, 이런 소리가 아니다. 표현력이 이 모양이니 동갑내기나 숭배하면서 이러고 사는 거다)." 진짜로 관을 땅 속에 묻기라도 하듯 타란티노는 긴 시간 동안 캄캄한 화면에 흙 떨어지는 소리로 관객의 숨을 조여온다. 얼마나 리얼했는지 영화를 보고 있는 내가 관 속에 갇힌 것 같았다. 처음엔 진땀이 나더니 서서히 산소가 부족해진 것처럼 숨이 막혔다. 평생 처음으로 죽음이 무서워졌다.

이 장면을 보고 그를 죽을 때까지 찬양하리라고 결심했다. 천재라면 모름지기 이 정도는 돼야 한다. 관객을 갖고 노는 배짱, 더이상 단순할 수 없는 방식으로 관객의 심장을 푸우욱 찌르며 들어오는 그의 치명적인 아이디어와 연출력을 사랑하지 않을 수 없다.

프로방스 도시와 촌동네를 돌아다니면서 공동묘지를 볼 때마다 나는 타란티노와 관 위로 흙 쏟아지는 소리를 떠올리곤 했다. 내가 가진 죽음에 관한 콘텐츠가 그리 많지 않았기 때문에 그럴 수밖에 없었다. 수많은 장례식장을 찾아다녔고 적지 않은 친지가 다른 세상으로 가는 걸 지켜봤지만 내게 죽음은 관념이지 현실은 아니었다. 그만큼 실질적으로 죽음에 가까이 가본 적이 없었다.

곰곰이 생각해보니 그런 경험이 전혀 없지는 않았던 것 같다. 초등학교 5학년 때의 일이다. 나는 아버지가 보는 앞에서 자전거를 배우다 택시에 받쳐 3미터 공중으로 떠올랐다 떨어진 적이 있다. 그러나 곧바로 일어나 100미터 달리기 시범을 보인 뒤 택시 운전사를 안심시켰다. 합기도를 배워 낙법을 한 것 같다는데 나로서는 알 수 없는 일이었다.

중3 때는 최홍만 같이 덩치 큰 친구가 휘두르는 야구 방망이에 맞아 이빨이 부러지면서 기절한 적이 있다. 교무실 선생님 책상에 누워 있던 나는 그 경황 없는 순간에도 우리 학교 1등을 달리던 이 아무개가 아니라서 천만다행이라는 어느 선생님의 말을 듣고 열 받아서 내 발로 교무실을 걸어나왔다.

고등학교 2학년 때에는 옥상에서 체육시험 종목이던 줄넘기 2단 뛰기 연습을 하다 뒷골이 땅겨 쓰러졌다. 등교도 못하고 아무도 없는 옥상에서 두 시간이나 쓰러져 있다가 일어났는데 생명에는 지장이 없었다.

논산훈련소에서 화생방 교육을 받을 때도 죽음이 잠깐 두렵기는 했다. 가스를 지독하게 살포해놓은 밀폐된 건물에 들어서자 조교는 방독면을 벗으라고 호령했다. 공포에 질린 훈련병들이 주저하자 고참 조교가 몽둥

르누아르의 기념관이 있는 도시 카네쉬르메르의 공동묘지.

이로 우리를 개패듯 했다. 몇 명은 가스에 질식해서, 몇 명은 공포에 질려 픽픽 쓰러져갔다. 눈물콧물을 쏟으며 가스실을 나왔을 때 숨쉴 수 있다는 게 얼마나 고마운 것인지 새삼 알았고 죽음이 그리 만만한 게 아니라는 사실도 배웠다. 그 이후로는 죽어라고 뭘 해본 적이 없어서 죽음의 냄새를 맡을 기회가 없었다.

프로방스에 가서 죽음에 관한 콘텐츠를 더 가져도 될 나이가 됐다는 생각은 하게 됐다. 갑자기 철이 들어서가 아니다. 이제 독자분들께서도 어느 정도 알아차리셨겠지만 나는 단순한 사람이다. 공동묘지가 뻔질나게 눈에 들어오니까 죽음을 자주 생각한 것뿐이다. 먹자골목에 가면 먹는 거 생각나는 것과 같은 이치다.

프로방스뿐 아니라 유럽에서는 공동묘지가 마을 가까이에 있는 경우가 많다. 그것은 중세에 기독교가 세력을 떨친 결과다. 기독교는 '죽음에 대한 공포'를 특허상품으로 판매하면서 유럽 대륙에서 교세를 확장해나갔다. 죽은 뒤에 가게 될 지옥이 얼마나 무서운 곳인지 아느냐, 거기에 가지 않으려면 우리가 가르치는 대로 따라야 한다고 겁을 주는 기독교에 사람들은 마음을 빼앗겼다.

사람들은 천국의 자리를 확보하기 위해 생전에 선행을 베풀려고 애를 썼고 자연히 교회에 재물도 기증했다. 묘지도 죽은 사람의 영혼이 편안하게 쉴 수 있는 교회 안에 두고 싶어했다. 나중에는 공간이 모자라 교회 가까운 곳에 공동묘지를 썼다. 죽음에 대한 공포를 끊임없이 환기시키기 위해 교회는 공동묘지를 홍보 수단으로 사용했을지도 모른다. '메멘토 모리' 그러니까 '죽음을 기억하라'고 계속 유도한 것이다.

프로방스 일대에는 특히 중세 때 만들어진 오래된 작은 도시가 많아 공동묘지가 마을 중심지에 있는 경우가 흔했다. 자연히 성당과 시청 같은 상징물 못지 않게 공동묘지를 자주 들르게 됐다. 아는 사람은 다 알지만, 유럽의 공동묘지는 팔다리 잘린 좀비가 피를 질질 흘리면서 불쑥불쑥 튀어나오는 공포영화 속의 그것과 차이가 있다. 좀비가 나오는지 확인하러 밤에 가본 적이 없어서 단정할 수는 없지만 낮에는 예쁘고 아담하고 푸근하다. 싱싱한 꽃, 의미심장한 조각, 정겨운 추도문, 아름다운 고인의 사진 등이 보기 좋게 배치돼 있다. 좀 넓은 공동묘지에는 방갈로만한 교회도 있어 웬만한 풍경화 못지 않은 그림을 만들어준다.

이 가운데 유독 눈이 간 것은 추도문과 사진이다. 공부 못하는 사람의 특징이 아무 데서나 책을 꺼내는 것인데 내가 꼭 그 짝이었다. 추도문의 내용을 밝혀내고야 말겠다는 심정으로 사전을 뒤적이며 문장을 퍼즐 맞추듯 완성해나갔다. 공부 못하는 사람이 그렇듯 지금 그 내용은 다 잊어버렸다. 그러나 고인을 기리는 마음은 애틋했다고 기억한다. 혹시 그 내용이 궁금한 독자는 연락주시기 바란다. 찍어온 사진은 얼마든지 제공하겠다.

추도문보다 강력한 느낌을 주는 게 고인의 사진이다. 강력하다 해서 비키니 입은 모습을 연상해서는 곤란하다. 천하의 포르노 스타인 치치올리나의 후손이라도 그런 사진을 묘지에 올려놓지는 않을 것이다. 아차차, 치치올리나는 너무 오래된 스타라 모르는 독자가 많겠다. 그렇다면 40살이 넘어서도 툭하면 다 벗고 설치는 파밀라 앤더슨 정도로 해두겠다. 1967년생밖에 안 된 그녀의 이름을 이런 자리에서 거론하는 게 나이

메멘토 모리(죽음을 기억하라)! 마을 중심지 가까이 있는 프로방스의 공동묘지에는 고인의 영혼을 기리는 갖가지 장식물이 놓여 있다. 십자가, 문장, 조각, 사진, 꽃다발을 찬찬히 들여다보고 있노라면 죽음도 삶의 한 과정이라는 것을 깨닫게 된다.

를 더 먹은 인생 선배로서 좀 미안하긴 하다.

다시 사진 얘기로 돌아가자. 내가 공동묘지에서 사색에 잠기게 된 것은 뽀송뽀송한 얼굴 사진을 보고서였다. 마르세유 북서쪽 40킬로미터 지점에 있는 포스쉬르메르의 공동묘지에서였다. 지금의 나보다 훨씬 더 어릴 때 찍은 여성의 모습이 그렇게 생경스러웠다. 새삼스러울 게 없는 사진이지만 그것을 보는 순간 저기 묻혀 있는 고인도 저럴 때가 있었구나, 나도 얼마 안 남았겠지 하는 생각이 들었다. 저 사람은 아주 젊을 때 세상을 버린 걸까, 지금은 어디서 무엇을 하고 있을까, 고인을 쏙 빼닮은 자손이 자기 모습과 비슷한 저 사진을 보면 어떤 기분일까, 도대체 나는 어떤 모습으로 기억될까……

공동묘지에서의 탐구활동이 이 정도에서 그치면 좋겠는데 공부 못하는 학생이 또 그러하듯 나는 너무 깊이 파고들었다. 정부가 지정하는 '프랑스의 작고 아름다운 마을' 중 하나인 루마랭에 갔을 때였다. 노벨문학상 수상자인 알베르 카뮈의 무덤이 있다고 해서 해거름에 묘지를 찾았다. 그의 딸이 그 동네에 살고 있지만 카뮈의 초라한 무덤엔 흔한 꽃다발 하나 없었다. 그게 난 더 좋았다.

카뮈는 가장 잘못된 죽음의 방법은 자동차 사고로 죽는 것이라고 말한 적이 있다. 그러나 무슨 운명의 장난인지 그는 자동차 사고로 죽고 말았다. 지금의 내 나이 때다. 그가 주창한 '부조리 문학' 처럼 인생은 누구의 것이든 이렇게 부조리한 것이리라.

탐구정신이 최고조로 끓어오른 곳은 니스에서 조금 떨어진 예술가의 마을 생폴드방스에서였다. 러시아 태생의 화가 마르크 샤갈의 무덤이 있다는데 마을 공동묘지를 어떻게 가보지 않을 수 있겠는가.

그곳은 유명 인사가 많이 묻혀 있는 파리의 공동묘지 '페르 라셰즈' 처럼 지도를 구해 찾아다녀야 할 만큼 넓은 곳은 아니었으므로 금세 그의 무덤을 찾을 줄 알았다. 하지만 그게 아니었다. 시간이 지나도 샤갈의 이름은 보이지 않았다. 먼저 지불한 주차비를 초과할 만큼 시간이 흐르자 점점 불안해지기 시작했다. 끝내 무덤 찾기에 실패한 나는 "샤갈 무덤을 보러 여기 온 건 아니잖아."라고 자위하다가 "루마랭처럼 묘지 입구에 간단한 약도를 표시해주면 어디가 덧나냐." 하면서 아무도 받아주지 않는 히스테리를 부렸다.

"생각대로 다 되지 않는 게 인생이고 그래서 인생은 부조리한 거야." 라고 위로하실 분도 있겠으나 나는 그렇게 만만한 사람이 아니다. 공부 못하는 사람들의 그 무모함을 되살려 내 거처에서 240킬로미터나 떨어진 생폴드방스로 다시 갔다. 오로지 샤갈 무덤을 찾기 위해서 그 먼 데를 갔다고 하면 거짓말일 것이다. 하지만 샤갈 무덤을 꼭 찾아내고 말리라 다짐한 것만큼은 진실이다. 이런 열정을 잘 활용했으면 내가 지금처럼 타란티노나 숭배하는 신세가 되진 않았을 텐데.

지난번 수색작전 때 미처 현미경을 갖다대지 못한 지역을 샅샅이 훑었다. 그래도 소용 없었다. 히스테리를 가진 사람이 자주 쓰는 전문용어 "에이, 정말 드럽고 치사해서 못해먹겠구만."을 내뱉으며 좌절감에 빠져 철수하기로 했다. 묘지 입구 가까이 왔을 때였다. 어디서 인기척이 들려 우연히 고개를 돌리는데 길게 누워 있는 하얀 묘석에 희미하게 파놓은 마르크 샤갈이란 글자가 보였다. 참 나~. 허무했다. 내가 지금 뭐하고 있

정부가 정한 '프랑스의 작고 아름다운 마을' 중 하나인 루마랭의 공동묘지에 있는 알베르 카뮈의 무덤.

빈센트 반 고흐가 살았던 아를에는 로마시대의 공동묘지 알리스캉이 있다. 고흐는 이곳을 배경으로 삼은 작품을 남기기도 했다. 사진은 오랜 세월을 견뎌낸 알리스캉의 석관묘.

는 거지? 샤갈 무덤을 찾아서 뭘 어쩌자는 서지?

그날 이후 공동묘지에 가서 뭐 하나라도 찾겠다는 생각은 하지 않았다. 생트로페의 바닷가에 바짝 붙은 공동묘지 위로 먹구름을 뚫고 한 줄기 빛이 광선처럼 강직하게 떨어질 때, 브나스크의 산골 공동묘지가 비바람이 쓸고온 커다란 낙엽에 다 뒤덮일 때 '죽음이란 게 무엇일까?' 간간히 궁리했을 뿐.

마을 가까이에 있는 공동묘지를 들락거리면서 자연스럽게 든 생각이 있다. '두메산골에 묘터를 써서 수많은 후손을 불효자로 만드는 것보다는 이게 낫겠네. 가까운 곳에 있으면 아무래도 두메산골보다는 더 자주 찾아뵐 것이고 그러면 가신님과 내 삶을 한 번 더 생각하지 않을까?' 그저 그렇다는 얘기다. 누천년 이어져온 우리 고유의 장묘문화를 어떻게 해보자고 말하는 건 내 소관도 아니고 그럴 자격도 없다. 나같이 산소를 징하게 찾지 않는 불효 후손이 감히 꺼낼 말이 아니다.

프로방스에서 공동묘지 몇 번 갔다왔다고 죽음에 관한 콘텐츠가 확 늘어날 거라고는 생각하지 않는다. 다만 사는 것도 버거운 주제에 죽는 걸 걱정할 형편이 아니라는 것은 분명하게 확인한 듯싶다. "내가 현존하는 한 죽음이 현존하지 않고 죽음이 현존하는 한 내가 현존하지 않는다. 그러니 죽음을 두려워할 필요가 없다."고 말한 고대 그리스의 철학자 에피쿠로스의 말처럼 죽음보다 삶을 생각하는 게 내 체질에 맞았다.

좀 욕심을 내자면 "무슨 일이 일어나든 상관없다. 죽음은 항상 있는 것이다."라고 말한 나폴레옹처럼 호탕하게 살았으면 하는 생각이다. '무슨 일이 일어나든 상관없다' 는 각오로 푹 빠져들어 거사를 도모할 수 있다면! 이를 테면 은행 하나를 통째로 털어 죽을 때까지 돈을 센다든가, 오드리 헵번 같은 여자를 오토바이 뒤에 태우고 세계일주를 한다든가, 잘나가는 우리나라 정치인 한 100명만 감옥에 가둬놓고 하루 종일 얼차려를 주는 일 같은 거 말이다. 아니면 앞에서 내가 명예훼손한 걸 사과하는 차원에서 육체파 배우 파밀라 앤더슨을 데려다 침대에서 밤새도록~. 아차차, 이건 취소다. 우리 아이들 체면을 봐서라도.

중세 성에서 괴물과 함께 춤을

고등학교 1학년 때 나는 내 인생에 커다란 영향을 끼친 책을 만났다. 그 책 덕분에 세상이 위선으로 가득 찬 곳이란 사실을 깨달았다. 또 인간이 본능을 억제하는 것은 지난한 일이며, 그것은 머리에 뭐가 많이 든 지식인이나 머릿속이 정갈해야 하는 성직자에게도 마찬가지라는 것을 확인했다.

그 책이 도대체 뭐냐고 물으신다면 중세 시대에 나온 이탈리아 작가 보카치오의 소설 《데카메론》이라고 밝히겠다. 이 소설은 근대소설의 선구자 대접을 받는 작품인데 단테의 《신곡神曲》에 견주어 '인곡人曲'으로까지 추앙받고 있다. 이 책을 아직 읽지 않은 분은 "와~, 어린 나이에 어떻게 그 명작을 찾아읽고 그런 생각을 했냐."고 하실 것이다. 하지만 《데카메론》은 '야동(야한 동영상)' 은커녕 '야사(야한 사진)' 도 보기 어렵던 그

'사디즘'이란 말을 낳게 한 프랑스 후작 사드의 성이 있는 중세 마을 라코스테의 풍경. 사냥꾼과 사냥개가 나란히 중세의 돌길을 걸어가고 있다. 건물과 길바닥을 죄다 돌로 만들어놓은 이 마을은 인적이 드물어 금방이라도 중세의 유령이 튀어나올 것 같다.

시절 최고의 성서(性書)였을 따름이다.

그 책을 읽은 곳은 기말고사 대비하러 간 친구 집이었다. 아버지가 초등학교 교사였던 친구의 집에는 고동색 하드커버로 장식한 세계명작 시리즈가 있었다. 친구는 하고많은 명작 중에 내가 좋아할 작품을 귀신 같이 찾아냈다. 그뿐 아니었다. 시험공부하느라 바쁠 나를 위해 친절하게도 핵심 체크가 가능하도록 하복부를 뻐근하게 만드는 대목만 골라 표시해두었다.

덕분에 중세 지식은 장족의 발전을 이뤘다. 중세의 생활상을 그렇게 자세히 아는 고등학생도 드물었을 것이다. 하지만 세계사 성적에는 아무런 도움이 되지 않았다. 중세를 공부한다면 모름지기 십자군 전쟁, 카노사의 굴욕, 장원제도와 기사제 따위를 익혀야 한다. 그런데 그 책에서 배운 것은 시험에는 전혀 나오지 않는 성풍속사가 전부였다. 앞에서 지식인, 성직자 어쩌구저쩌구 한 것도 사실은 그들이 옴니버스식 이야기의 주인공으로 등장했기 때문이다.

앞에서도 잠깐 말했지만 유럽의 도시 70퍼센트는 중세시대에 건설됐다. 프로방스도 예외는 아니어서 곳곳에 중세 도시와 마을이 온전히 살아 있다. 프로방스로 떠나기 전에 나는 출판 담당 기자를 하면서 챙겨두었던 중세 관련 서적을 틈틈이 읽었다. 역사의 현장에 가는 자로서 마땅히 해야 할 일이었다. 하지만 중세의 생활상을 미시적으로 다룬 그 책들은 《데카메론》이 준 감동과 충격의 10분의 1도 제공하지 않았다. 그나마 눈에 띈 대목이 하나 있다. 기근이 닥쳤을 때면 여행자들을 잡아다 각을

중세 기사들의 전투 장면을 묘
사한 청동 조각과 중세 귀족
가문의 문장을 새겨놓은 방패
(맨 위).

떠서 불에 구워먹는 풍습이 있었다는 구절이다.

인적이 드문 중세 마을에서 홀로 걸을 때면 가끔 그 대목이 생각났다. 만약 그런 상황이 재현된다면 나 같은 인간은 어떤 대접을 받을까? 보통 때 먹던 서양인 여행자와는 다른 별미라며 반가워할까? 하기야 채소를 주로 먹는 체질이니까 내 육질이 좀 다르다면 다를 것이다. 그리고 중세적 관점에서 보면 고기 근이나 나가기 때문에 제법 먹잘 게 있을 터이다. 비록 21세기 관점에서 보면 디룩디룩 살이 쪄서 볼품없지만.

내가 중세 마을에서 그런 공상만 했던 건 아니다. 그 옛날 이곳에서도 사람들은 서로 사랑하며 공경하며 보살피며 가르치며 살았을 것이라는 아주 상투적이고 고루한 감상에 빠져들려고 노력했다.

1. 사디즘의 고향 라코스테

프로방스에 있는 숱한 중세의 현장 중에서 기억에 오래 남는 곳은 라코스테다. 녹색 악어를 심볼로 삼은 패션 브랜드를 말하는 게 아니다. 라코스테는 아비뇽에서 그리 멀지 않은 전형적인 중세 마을이다. 상주 인구가 400명이라고 하는데 가뭄에 콩 나듯 찾아오는 관광객을 빼면 사람 만나기가 힘든 한적한 곳이다. 이 마을에서 내가 마주친 사람은 네 명도 안 됐다.

라코스테는 성, 집, 교회 심지어 길바닥까지 돌로 이뤄져 있어서 중세 분위기가 물씬 났다. 중세를 느껴보기 위해 돌로 만든 그 모든 것들에 손바닥을 댔다. 중세의 기를 받아보고 싶었다.

멧돼지도 충분히 드나들 수 있을 만큼 커다란 구멍이 뻥 뚫려 있는 나

폐허가 된 사드 후작의 성채 앞에는 그의 청동 두상이 을씨년스럽게 서 있다.

무 대문, 비둘기 똥이 더럽게 많이 쌓인 담장, 지하감옥처럼 어두컴컴한 방, 씨름선수 두 명이 동시에 지나가기 힘든 골목길을 하염없이 걷고 또 걸었다. 눈이라도 오면 바로 눈썰매장으로 운영해도 문제가 없을 만큼 길은 가팔랐지만 내 종아리는 그것을 감당할 만큼 여물어졌다. 중세의 기가 몸속으로 들어왔던 것일까.

라코스테에는 사디즘이란 말을 낳게 한 사드 후작 가문의 성이 있다. 사드는 외설과 불륜으로 유명하지만 프로방스의 순수 귀족이었다. 마을 꼭대기에 있는 그의 성에 가려면 가파른 골목길을 등산하듯 올라가야 한다. 한때 이 성은 근방의 어떤 성보다 크고 아름다웠겠지만 지금은 무너진 건물 형체만 남은 폐허다. 돌무더기 마을 위에 서 있어서 그런지 더

프로방스 일대와 그 주변에는 고색창연한 중세 건축물들이 위용을 자랑한다. 카르카손의 성채(왼쪽 위), 타라스콩의 성(왼쪽 아래), 빌뇌브 레자비뇽의 생탕드레 요새(위), 아비뇽의 교황청 궁(아래).

황량하다.

성 입구 옆에는 사드 후작의 금색 두상이 서 있다. 프랑스에서 많은 동상을 봤지만 이처럼 흉한 것도 드물었다. 도난을 방지하기 위해서인지, 조형미를 살리기 위해서인지 두상 주변을 쇠창살로 둘러놓은 게 거북해 보였다. 이상하게도 그 두상에서 영화 〈양들의 침묵〉에 나오는 살인마 한니발 렉터 박사가 떠올랐다. 비슷한 모양도 아니건만, 사람을 뜯어먹지 못하게 한니발의 얼굴에 씌워놓은 철망이 연상됐다.

사드는 몇 편의 교양·철학소설을 썼는데 시인 아폴리네르에게서 "이전에 존재하였던 가장 자유로운 정신"이라는 평가를 받았다. 좋게 보면, 시대의 굴레를 벗어던진 그는 성본능을 완전하게 해방시켰을 때 어디까지 갈 수 있는지를 실험한 선구자라고 할 수 있을 것이다. 하지만 몸에서 호르몬이 부글부글 끓어오르는 20대로 돌아간다고 해도 그의 정신을 내 몸으로 추종하고 싶은 마음은 생기지 않을 것 같았다. 그가 무슨 짓까지 했는지 아시면 내 마음 이해하실 것이다.

2. 교황이 볼모로 잡혀 있던 아비뇽

프로방스의 중세 얘기를 하면서 아비뇽을 뺀다면 몰매를 맞을 테니 여기서 간단하게 짚고 넘어가야겠다. 아비뇽은 프랑스 왕권이 강해져 1309년부터 1377년까지 7대에 걸쳐 로마 교황을 이곳에 머물게 한 '아비뇽 유수'로 유명한 곳이다.

나는 몇 번을 갔는지 헷갈릴 정도로 그곳에 자주 들렀는데 교황 궁전 앞에만 서면 오금이 저렸다. 높이가 50미터, 두께가 4미터나 되는 웅장한 성벽은 현대식 폭탄에도 끄덕없을 것처럼 견고해 보인다.

내부로 들어가면 예배당과 연회장, 사무실, 교황의 방 등 수많은 방이 있는데 어떻게나 동선을 어지럽게 만들어놨는지 미로 게임이라도 하라는 것 같다. 그래야 그 비싼 입장료를 받고 텅텅 빈 방이나 보여주는 미안함을 피할 수 있다고 생각한 건가? 유명하긴 한데 딱히 볼 것도 할 것도 없는 공간에 들어서면 본전 뽑자는 차원에서 자주 하는 게 있다. 곳곳을 손으로 만져보는 것이다. 그 시대 사람들의 손길이 닿았을 가능성이 높은 부위에 손바닥을 대면서 생각에 잠기는 거다. 나는 영화나 책에서 보고 읽은 것들을 떠올리면서 중세의 인물이라도 된 듯 상상의 나래를 펼쳤다.

말은 그럴듯하지만 중세의 삶을 상상하는 건 그리 유쾌한 경험이 아니다. 중세 시대도 살 만했다고 말하는 학자가 없는 건 아니지만 내 역사적 상상력으로는 그런 말에 동의하기가 힘들다. 그런 학자들에게 '당신이 농노나 천민이나 여성으로 태어나도 그런 말을 하겠냐?'고 묻는다면 아마 열에 아홉은 화들짝 놀라 자기 말을 취소할 것이다.

재수가 좋아서 귀족이나 성직자 신분으로 태어난다 해도 마찬가지다. 환한 전깃불 아래에서 책을 읽거나 텔레비전을 볼 수도 없을 테니 말이다. 제아무리 황제 아니라 교황이라 해도 휴대전화로 수다를 떨 수도, 비행기 타고 바다를 건널 수도 없지 않은가.

농노나 천민으로 태어나면 말할 것도 없다. 뼈빠지게 일해도 끼니 걱정을 해야 하고 툭하면 전쟁에 끌려가고 병명도 모른 채 앓다가 목숨을 잃을 게 뻔하다. 여성으로 태어나는 건 더 참을 수 없는 일이다. "여자여,

레 보 드 프로방스에는 웅장한 중세 산성의 폐허가 고스란히 보존돼 있다. 전투에 사용된 투석기와 충격차 등 각종 무기까지 실물 크기로 볼 수 있어 가볼 만하다.

너는 악마의 문이다. 사탄의 나무를 건드리고 신의 율법을 최초로 어긴 것은 바로 너였다." 이런 소리를 듣는 게 다반사니 여성들은 노동, 교육, 사랑, 결혼, 가사, 사회활동에서 비상식적인 제약을 받을 수밖에 없었다.

3. 중세성의 극과 극

중세 얘기를 할 때면 아무래도 성을 이야기하지 않을 수 없는데 카르카손과 레 보 드 프로방스에 있는 성을 견줘보는 게 좋을 거 같다. 카르카손은 프로방스 지역은 아니지만 세계문화유산으로 등재될 만큼 중세의 성 모양을 거의 완벽하게 유지하고 있는 성벽 도시다. 반면 레 보 드 프로방스의 산성은 성채가 허물어져 잔해만 남았지만 규모가 크고 중세의 전쟁터 분위기를 고스란히 간직하고 있다.

중세에 관한 지식이 없더라도 카르카손에 가면 당시 사람들이 어떻게 적의 침입에 대비했는지 쉽게 짐작할 수 있다. 벽을 이중으로 쌓아놓은 것 하며, 성벽 위에 길을 만들어놓은 것 하며, 적의 화살 공격에 당하지 않도록 벽에 좁은 틈을 내놓은 것 하며, 1차 방어벽이 뚫렸을 때를 대비해 적의 진격을 지연시킬 해자를 설치해놓은 것 하며……. 이 모든 게 한눈에 다 들어오는데 그 규모며 기술력이 대단히 높은 수준이다.

이중 벽 안쪽에 조성된 마을로 들어가면 성주가 머무르던 성과 거대한 성당이 옛날 모습 그대로 보존돼 있다. 그것들 주위로 키 낮은 집들이 다닥다닥 붙어 있는데 호텔, 카페, 레스토랑, 기념품점 등으로 활용되고 있어 동화 속 마을에 들어온 기분이 든다.

레 보 드 프로방스의 성은 화강암 산악지대의 가파른 벼랑 위에 있다.

거대한 성채가 상당 부분 허물어져서 어디가 어딘지 분간하기 힘들다. 그래서 관람객을 위해 각 처소마다 안내판을 세워두었는데 나 같이 글 읽기를 싫어하는 사람이 많은지 컬러로 된 만화풍의 설명도 있다.

인상적인 그림은 병사 여러 명이 어떤 사람을 깎아지른 벼랑 아래로 내던져버리는 장면이다. 참으로 간단하고 치명적인 징벌 방식인데 화강 암투성이인 낭떠러지로 던져진 그 사람은 많이 아팠을 것이다. 중세에 태어나지 않은 걸 다시 한 번 감사하게 만드는 그림이다.

이곳 산성에는 중세 전쟁영화에 등장할 법한 무기를 실물 그대로 성터 앞 넓은 평지에 부려놓았다. 돌을 집어던질 때 쓰는 투석기와 지붕을 씌워 통나무로 성문을 부수는 충격차 등을 직접 볼 수 있다. 저렇게 집채만 한 돌에 사람이 맞으면 어떻게 되는 걸까? 그걸 확인하려면 영화 〈잔 다르크〉를 복습해야 하는데 그리고 싶은 마음은 생기지 않았다.

이 성채에서 중세의 기운을 느끼기 위해 낭떠러지로 떨어져볼 수도 없고 해서 형틀에 내 몸을 가둬봤다(275쪽 아래 사진 참고). 그 형틀은 나무판에 동그란 구멍 3개를 파 목과 양쪽 손목을 거기에 집어넣게 만든 것이다. 직접 몸을 결박해보니 돌팔매가 어디선가 날아올 듯 두려워졌다.

4. "왕의 화장실을 보여주마"

타라스콩이란 도시에서도 육중한 성에 들어가봤다. 론 강의 깎아지른 듯한 낭떠러지 위에 세운 이 성은 14세기 르네 왕이 머물던 곳이다. 돌로 쌓아서 단단한 요새처럼 보인다. 이곳에서 나는 왕이 쓰던 화장실을 발견하는 쾌거를 이룩했다. 중세의 성에서는 높은 사람들만 요강을 사용하

중세 산성에서의 다양한 생활양식을
보여주는 만화 형식의 안내판.

고 대다수 사람들은 성벽 위에 양동이 넓이의 구멍을 뚫어놓고 볼일을 봤다고 책에서 읽은 적이 있다. 그런데 왕이 쓰던 요강이 아니라 실내 화장실을 찾아낸 것이다.

왕의 화장실이라고 해서 럭셔리할 거라고 생각하면 오산이다. 물론 수세식도 아니다. 그저 돌의자에 둥그런 구멍을 파놓은 정도다. 구멍은 성 아래 바깥쪽으로 통하게 돼 있는데 뭐 좋은 구경거리라고 그 구멍에 머리를 처박고는 왕의 똥이 떨어지는 낙하지점을 관찰했다. 겨울이면 그 구멍을 통해 찬 기운이 올라왔을 텐데 엉덩이와 그 앞쪽에 있는 것이 다 얼지는 않았을까 공연히 안쓰러운 마음이 들었다. 왕에게 앙심을 품은 신하나 성 안으로 침투하려는 외적이 그 구멍으로 화살을 쏘아올려 똥침을 놓으면 어쩌려고 저렇게 위험천만하게 왕의 화장실을 설치했을까 걱정이 되기도 했다. 실제로 영국군이 머물던 가이알 성에서는 프랑스군이 화장실을 통해 침투한 뒤 성을 빼앗은 역사가 있다고 하지 않은가.

타라스콩 입구에는 커다란 괴물조각이 서 있다. 전설에 따르면 강에서 튀어나와 사람을 잡아먹던 괴물 타라스크를 성녀聖女 마르트가 길들였다고 한다. 매년 6월 마지막 일요일에는 타라스크의 형상을 맨 행렬이 거리를 누비는 행사가 열려 관광객이 많이 찾아온다.

타라스크를 보면서 괴물의 존재를 믿고, 있지도 않은 그것에 두려워 떨었을 중세인들이 애처로웠다. 중세인들은 자신들의 손이 미치지 않는 숲이나 오지에 괴물이 산다고 믿었다. 그것을 기독교는 악마로 재활용해 공포심을 자극했다. 악마에게 당하지 않으려면 그리스도를 믿어야 한다고 협박했던 것이다. 교회를 비롯한 중세 건축물 곳곳에 괴물의 형상이 중세 건물에는 기괴한 괴물의 형체를 빚어놓은 조각이 많다. 괴물에 대한 공포를 부추김으로써 기독교 신앙에 귀의하도록 유도한 것이다.

버섯이 새겨져 있는 것도 그 때문이다.

그 괴물을 보면서 공산당과 빨갱이를 괴물로 가르쳤던 1970년대 교실 풍경이 떠올랐다. 어린 나이에도 우리의 한 핏줄이 괴물이라는 사실은 납득하기 어려웠지만, 그래도 두려웠다. 공포는 무지에서 온다. 그걸 교묘하게 악용한 사람들, 저주받을지어다.

왔노라! 보았노라! 졌노라!

　5년 전 '유럽의 웰빙 라이프'라는 기획물을 쓰기 위해 스위스 알프스 지역을 쏘다닌 적이 있다. 파라마운트 영화사의 심볼로 유명한 피라미드 모양의 산 마터호른에서 트래킹을 한 뒤 인근에 있는 산속 온천 휴양도시 로이커바드로 이동해 야외온천에서 푸른 초장을 보며 몸을 녹이는 프로그램이었다.

　그때 로이커바드에서 고대 로마문명의 위용을 확실히 몸으로 느꼈다. 십여 년 전 이탈리아 로마에서 콜로세움 같은 엄청난 규모의 건축물을 봤을 때는 '있을 게 있어야 할 곳에 있구나.' 하는 수준의 감동을 받았을 뿐이다. 사실 로마의 문명은 눈으로 직접 보면서도 그 옛날에 어떻게 이런 걸 만들어 누렸을까 하는 의심스런 놀라움 탓에 그 위대함이 살에 닿지는 않았다. 하지만 로마 사람들이 알프스 골짜기 중 골짜기 마을인 로

이커바드를 어떻게 알고 찾아갔으며, 거기에 온천이 있는 줄은 어떻게 알았으며, 어떻게 그것을 뚫어서 목욕을 했을까 하는 데에 생각이 미치자 로마의 위력이랄까 실체가 느껴졌다. "정말 무서운 놈들이었구나!"란 말이 절로 나왔다.

그 험한 알프스 구석구석에까지 모형 기차를 조립하듯 철도를 깔아대는 스위스인들조차 기차 운행을 포기한 로이커바드처럼, 알프스의 외지고 가파른 동네까지 손금 보듯 했던 로마. 그들이 이탈리아 국경에 인접해 있는 프로방스를 안마당처럼 여겼던 건 당연한 일이었다.

로마는 기원전 121년에 프로방스를 포함한 남프랑스 지역을 '갈리아 나르보네시스'란 속주로 삼아 지배했다. 속주는 이탈리아 바깥의 가장 큰 행정 단위를 말하는데 이 속주는 여러 모로 중요한 전략적 요충지었다. 스페인이 있는 이베리아 반도와 이탈리아를 잇는 육상 교통로, 갈리아^{현재의 프랑스} 지역에 흩어져 살던 부족들의 공격을 막는 완충지, 론 강을 통해 갈리아와 항구도시 마르세유를 잇는 교역로 등으로 활용하기에 좋은 곳이었다.

"로마인들이여, 이것이 너희 운명이니, 너희 힘으로 세계의 모든 민족을 지배하여 평화로운 질서를 만들어내라. 복종하는 민족에게는 자비를 베풀고, 반항하는 민족에게는 너희들의 노여움을 알려주어라."

로마 최고의 시인 베르길리우스가 장편 서사시 〈아이네이스〉에서 말했듯이 로마인들은 남의 땅과 나라를 집어삼키는 걸 운명처럼 여겼으니 안마당 같은 프로방스부터 접수하는 건 지당한 일이었다.

사령관이 있는 곳의 인접 부대에 군기가 세듯이 프로방스는 로마 인근에 있어서 로마의 입김을 직접 받을 수밖에 없었다. 프로방스 일대에 유럽의 그 어느 곳보다 로마 문명의 흔적이 많이 남아 있는 건 그런 이유에서다.

1. 로마 도시 문명의 산증인, 아를

내가 프로방스에서 처음 간 로마 유적지는 아를이다. 알퐁스 도데의 희곡과 비제의 가곡 〈아를의 여인〉으로 유명한 도시 아를에는 로마의 원형극장·원형경기장·목욕탕·수도 ·공동묘지가 곳곳에 흩어져 있다. 구시가지 자체가 고대 성벽 터를 따라 이어지는 고리 모양의 도로 안에 있다.

그러나 아를의 원형극장은 돈 주고 들어가기에는 아까운 곳이다. 칸이 넓은 철망으로 주변을 둘러싸서 안쪽이 다 보인다. 철망 밖에서 가이드가 안에 있는 나를 가리키며 일본의 단체 관광객에게 "저런 바보들이나 돈 내고 들어가는 곳이에요. 여러분들은 돈 버신 겁니다."라고 비웃는다 해도 이상할 게 없다. 유적이라는 것도 기껏해야 돌계단 같은 객석, 무대 뒤쪽의 장식벽, 대리석으로 된 원기둥 2개만 남아 있으니 썰렁하다.

밑지고는 못 사는 편이라 본전치기 작전에 들어갔다. 극장 폐허의 서늘한 돌에 앉은 나는, 관객에게 야유를 받아 질질 짜던 배우의 한숨이라도 느끼려고 스스로 한숨을 쉬어봤다. 그걸로는 여전히 본전이 채워지지 않아 노래 한 소절을 읊조렸다.

"뉘라서 저 바다를 밑이 없다 하시는고/ 백천길 바다라도 닿이는 곳 있으리라/ 님 그린 이 마음이야 그릴수록 깊으이다."

아를에 있는 고대 로마의 원형 극장. 대리석 기둥과 석조 객석만 남아 썰렁한 느낌을 준다. 극장 주변에는 건물의 잔해가 흩어져 있는데 학생들은 그것을 스케치하면서 고대 건축에 대해 배운다.

이은상 시 홍난파 곡 〈그리움〉이란 가곡이 흘러나왔다. 오페라 아리아 〈남 몰래 흘리는 눈물〉이라도 한 자락 부를 수 있었으면 좋았겠지만 가사를 외울 역량이 없었다. 김건모의 〈잘못된 만남〉도, 노영심의 〈그리움만 쌓이네〉도 이 무대와는 어울리지 않아 포기했다.

"하늘이 땅에 이었다 끝 있는 양 알지 마오/ 가보면 멀고 멀고 어디 끝이 있으리오/님 그린 저 하늘 같아 그릴수록 머오이다."

이 대목까지는 부르고 싶었으나 가사 내용에 저절로 목이 메어왔다. 여행을 하다보면 이렇게 아무것도 아닌 일에 감정이 복받쳐서 탈이다. 그나저나 그 누구를 그리워했기에 이런 감정이 생긴 걸까. 영희 순희 영자 순자… 내 평생의 연인들이 줄줄이 떠올라야 하건만 마땅한 얼굴이 나타나지 않았다. 그 틈을 비집고 맨날 아웅다웅하는 아내 얼굴이 떠오를 조짐이 보여 두 눈 질끈 감고 고개를 좌우로 흔들어 거부했으나 설상가상으로 "넌 내꺼야."라는 환청까지 들려왔다.

그러다 극장 폐허의 잔해 덩어리에서 웅성거리는 학생 무리를 보게 됐다. 그들은 극장 건물의 일부였을 돌덩어리를 놓고 뭔가를 그려나갔다. 돌에 새겨진 무늬를 도화지에 모사하는 것이다. 구레나룻이 보기 좋은 교수가 학생들 사이를 돌아다니며 구도와 비례의 잘못된 점을 지적해주었다. 건물 전체도 아니고 극장 한 귀퉁이의 돌덩어리를 놓고 데생하는 그 장면을 보면서 '아름다운 나라' 프랑스의 저력이 어디서 나오는지 확인할 수 있었다.

아를의 원형극장에 대한 미진함은 그 이름도 아름다운 도시 오랑주에서 완전히 해소할 수 있었다. 기원전 36년 로마에 정복된 이 도시에는 외벽의 길이가 자그마치 103미터에, 높이가 36미터나 되는 원형극장이 있다. 그 앞에 서면 막막할 정도로 웅장한 규모다.

로마황제가 지은 원형극장들 중 가장 보존 상태가 좋은 곳인데 무대 한가운데에는 높이 4미터에 달하는 거대한 아우구스투스 석상이 당당하게 관객을 향해 팔을 뻗고 있다. 파손되지 않고 남아 있는 로마제국의 유일한 황제상이라기에 망원렌즈를 달아 카메라로 그를 담았다.

무대 위로는 올라갈 수 없게 막아놓은 데다 너무 무대가 근사해서 아를에서처럼 노래 부를 배짱은 생기지 않았다. 어쩔 수 없이 무대 밑에서 정신 나간 사람처럼 큰 소리로 "야! 야! 야!"를 몇 번 외쳤다. 연기자의 목소리가 객석 곳곳으로 잘 전달되는지, 관객의 시선이 무대로 집중되는지 확인하고 싶었던 것이다. 깜짝 놀란 관광객들이 일제히 나를 쳐다보며 킬킬대는 걸로 봐서 무대는 여전히 쓸 만한 듯했다.

원형극장 입구 옆에 있는 비디오룸에서 다큐멘터리를 보고서야 이 극장에 대해 그리고 당시의 공연문화에 대해 좀더 자세히 알게 됐다. 고대인들이 희극보다는 비극을 더 위대한 예술로 평가했다는 것 정도는 알고 있었지만 갈수록 희극을 더 좋아했다는 건 처음 알았다. 배우들이 제멋대로 공연하는 즉흥극이 금지됐음에도 위정자를 비난하는 장면이 제법 많았다는 사실도, 극 속의 조롱과 비난을 위정자는 때로는 받아들였고 때로는 그러지 않았다는 사실도 배웠다.

극장은 긴 세월을 거치는 동안 집회장소, 무기창고, 피난처, 감옥, 주거지로 이용되다가 19세기 중반, 20세기 말 복원 과정을 거쳐 지금은 축제 기간이나 기념일에 연극과 오페라 무대로 활용되고 있다. 2,000년이나 된 무대에서 펼쳐지는 공연이라면 내용이 어떻든 한 번쯤 구경해보고 싶은 마음이 슬몃 일었다.

3. 검투사의 피가 튀던 원형경기장

원형경기장은 아를과 님에서 두 번이나 들어갔다. 아를은 옛 시가지의 가장 높은 곳에, 님은 도시 한복판의 평평한 곳에 경기장이 있다. 요즘은 하절기에 투우 경기를 하지만 고대 로마 시대에는 검투사들이 목숨을 걸고 서로 싸우던 곳이다.

로마시대의 신전으로 쓰이던 님의 '메종 카레_{네모난 집이란 뜻}'에서 당시의 장면을 생생하게 재현한 입체 다큐멘터리를 봤던 터라 검투사의 결투장면을 보며 흥분하던 관중과 그들의 흥분을 즐기던 황제들의 모습이 눈에 선했다.

검투사 경기는 돈이 많이 들어 황제나 상류층 귀족이 후원했다. 평민들에게 즐거움을 선사하고 지배자의 자비를 보여주려는 게 목적이었다. 공짜 관람을 하던 평민들은 경기를 보면서 황제에게 박수 혹은 야유를 보내 위정자들에 대한 자신들의 만족도를 표시했다. 경기장은 다분히 정치적인 공간이었던 셈이다.

남의 즐거움을 위해 목숨 바쳐 싸워야 했던 검투사의 운명을 생각했다. 돈을 벌려고 자발적으로 검투사가 되려는 인간도 있었지만 대다수의

아를의 로마 원형경기장. 경기장 내부에는 돌로 된 객석과 흙으로 된 타원형 운동장이 있다. 이곳에서는 여름철에 종종 투우 경기가 벌어진다.

검투사는 전쟁 포로, 노예, 중범죄자, 기독교도였다. 관중의 즐거움을 위해 마련된 자리에서 그저 살아남기 위해 남을 죽여야 했고 죽어야 했던 그들의 숙명이 가여웠다.

그러나 그들보다 더 가여운 것은 밤늦도록 손에 땀을 쥐면서 이종격투기를 보는 나 자신이다. 세상에서 가장 센 놈은 누굴까, 저렇게 맞다가는 죽을 텐데 하면서 남의 고통을 즐기는 인간이 나다. 세상은 저런 싸움판이야, 저기서 살아남으려면 강해져야해, 때로는 먼저 남을 공격해야 돼, 하면서 투지를 다지다가도 사람이 이렇게 미쳐가는구나 싶어 화들짝 놀랐고 한편으론 창피했다.

4. 물을 지배한 로마의 기적 퐁 뒤 가르

거기까지 가서 프로방스의 대표적 로마 유적지 가운데 하나인 '퐁 뒤 가르'도 못 보고 왔냐는 소리가 듣기 싫어 의무감에 발을 옮겼다. '가르 강의 다리'란 뜻의 이 건축물은 1세기 전반에 석회암으로 지은 것이다. 500년 동안 인근 도시 위제스 근처의 외르 강에서 흘러나온 물을 50킬로미터 떨어진 식민도시 님까지 나르는 데 이용되다가 중세에는 일반 다리로 사용됐다.

세계문화유산으로 지정된 이 다리의 거대함에 약간 신경질적인 질투가 일어났다. 도대체 어떻게 이런 다리를 만들 수 있었을까, 만든 지 2,000년이 되었는데 어떻게 이렇게 멀쩡할까. 그러다가는 또 "우리 조상들은 뭘 한 거야?"라는 소리가 튀어나왔다. 위대한 인류 문명의 유산 앞에서 감탄하거나 감사할 줄 모르는 이 증세는 외과수술로는 치유되지 않는 것이어서 걱정이다.

돌다리 기둥을 마치 살아 있는 소라도 되는 듯 정을 담아 쓰다듬으면서 역사를 버텨낸 그의 노고를 치하했다. 계곡 사이로 부는 칼바람을 무릅쓰고 '퐁 뒤 가르' 전체 모습을 카메라에 담기 위해 강 하류 쪽으로 걸어 내려갔다. 그러나 한낮이라 색감이 좋지 않은 데다 마땅한 지점을 포착하지 못했다. 그래서 다시 갔다. 사진 못 찍었다고 뭐라고 할 사람은 아무도 없었다. 하지만 그 계곡을 뚫고 총탄처럼 날아와 뺨을 시퍼렇게 얼리는 그 바람을 다시 맞고 싶어 사진 핑계를 댄 것이다. 웅대한 다리 앞에서 가뜩이나 나약한 인간이 더 쪼그라들어 쓸쓸하게 서 있는 짜릿한 기분이란!

5. 생 레미 폐허에 서린 로마의 낭만

로마의 도시 터가 고스란히 남아 있는 생 레미의 글라넘 유적지는 세월의 흔적과 막연한 슬픔이 감도는 곳이다.

폐허가 한눈에 들어오는 산기슭으로 올라가 고대 로마 도시의 윤곽을 살피고 있을 때였다. 코린트식 기둥만 덩그렇게 남아 있는 곳에서 아가씨가 혼자 배회하더니 등을 기둥에 대고 미동도 하지 않는 모습이 눈에 들어왔다. 갑자기 탐구심이 샘솟기 시작했다.

100미터 이상이나 떨어져 있는 그녀의 얼굴을 보기 위해 망원렌즈로 끌어당겼다. 생머리를 한 소피 마르소 같은 여인이었다. 프로방스에서 돌아다니면서 본 여성 중 가장 아름다웠다. 저리도 고운 여인네가 무슨 연유로 이 스산한 폐허에서 저리도 빛나는 청춘을 쓸쓸하게 보내고 있는 것일까.

로마의 찬란한 도시문명은 관개시설을 과학적으로 운영할 수 있었기에 가능한 것이었다. 사진은 세계문화유산에 등재된 수로교 퐁 뒤 가르. 직접 그 앞에 서면 거대한 규모에 압도당한다.

로마 시대 도시의 형체를 확인할 수 있는 생 레미의 글라넘 유적지. 긴 그림자를 드리우고 있는 대리석 기둥에 손을 얹은 여성이 상념에 젖어 있다.

나는 혼자 있는 여성, 특히 아름다운 여성에게 수작을 걸었다가 '아니면 말고' 식으로 뒤돌아설 줄 아는 스타일은 아니다. 하지만 그날은 달랐다.

그녀에게 다가가기 위해 징검다리 건너듯 로마 시대의 돌무더기를 가로질러 내려왔다. 거의 목적지 가까운 곳에 다다랐을 때다. 뒤에서 누군가 "실브 플레, 무슈(실례합니다, 아저씨)." 하는 것이 아닌가. 할머니 유적지 안내원이었다. 지휘봉 같은 걸로 표지판을 가리키는 표정이 "여기는 들어가면 안 되거든요."라고 말하는 듯했다. 출입금지 팻말을 하도 엉성하게 설치해놔서 어디가 어딘지 구분하기 힘든 곳이다. 그 돌덩어리를 내가 한 번 디딘다고 닳을 것도 아니고 무너질 리도 없건만 할머니는 야박하게 나를 몰아세웠다.

할머니가 유적지보다는 자국의 아가씨를 동양의 불한당으로부터 보호하려는 건 아닐까 지레 발이 저렸다. 그 사이에 나의 소피 마르소는 종적을 감추었다. 여성을 대하는 소극적인 태도를 다 늦은 나이에 로마 유적지에서 바꿔보려던 내 갸륵한 결심은 허무하게 무너졌다. 그녀에게 건넬 멘트까지 준비했건만.

"참 아름답지요? 여기. 어디서 오셨어요? 아, 그렇군요. 저는 한국에서 혼자(강한 어조로) 왔어요. 사진도 찍고 글도 써요. 한 컷 찍어드릴까요? 사양하지 마세요. 저도 한 컷 찍어주시면 되잖아요. 괜찮으시다면 제가 쓸 책에 그대 사진을 써도 될까요? 그런데 여긴 따뜻한 걸 마실 데는 없나보죠? 제가 한 잔 살게요. 나중에 초상권을 문제 삼지 않겠다는 서약도 받아야 하니까요."

이런 말을 건네지는 못했지만 그래도 로마 유적지에서 중요한 걸 하나 배웠다. '생긴 대로 살자.'

아파트를 팔아 프로방스로?

30여 년 전에 발표된 윤흥길의 소설 중에 〈아홉 컬레의 구두로 남은 사내〉란 문제작이 있다. 속된 말로 쥐뿔도 없으면서 자존심은 강한 소시민이 구차한 현실 앞에서 위신과 체면을 잃어가는 모습을 그린 작품이다. 아직까지도 내 입에서 맴도는 걸 보면 제목이 그만큼 독특하고 모던했던 것 같다.

정말 그런 줄로만 알았다. 개성 있는 제목 때문에 그것이 기억에 오래 남는다고. 그러나 착각이었다. 언제부턴가 나 자신이 소설의 주인공과 비슷해지고 있었다. '아파트 한 채로 남은 사내'가 되어가고 있었던 것이다.

그 작품의 주인공처럼 쥐뿔도 없기는 마찬가진데 나는 자존심까지 약해서 구차한 현실을 피하지 않았다. 그러기는커녕 위신과 체면을 자발적

으로 팽개쳤다. 그와 다른 게 있다면 시대가 인플레이션 되면서 구두가
아파트로 뻥튀기 되었다는 것뿐이다.

나는 대출금도 다 못 갚은 주제에 알량한 30평대 아파트 한 채를 놓고
심하다 싶을 정도로 찧고 까불었다. 무슨 수틀리는 일이라도 생기면 "아
파트 팔아서 고향으로 내려갈까?" "아파트 팔아서 아이들 학비 대지
뭐." "아파트 팔아서 구멍가게나 하나 내고 살자."고 할 때가 많았다. 누
가 들었으면 내 이름으로 된 아파트가 오징어 다리 수만큼은 되는 줄 착
각했으리라.

안에서 새는 바가지 밖에 나가도 새는 법. 나는 '아파트 공화국' 출신
답게 프로방스까지 가서도 졸렬한 '국민성'을 무의식중에 드러냈다. 지
중해가 한눈에 들어오는 마르세유 근교 해변 주택가를 거닐 때, 포도밭
에 홀로 포위된 전원주택 앞마당을 서성거릴 때, 다 허물어져가는 중세
마을 메네르브의 돌벽 주택을 들여다볼 때, 숲속 빈터의 담장 없는 저택
을 지나갈 때, 간단히 말해 당장 들어가 살고 싶은 곳이 눈에 들어올 때면
'저런 집은 얼마나 할까?' '아파트 팔면 저런 집 반 토막은 살 수 있을
까?' 생각했다.

그쯤에서 멈췄으면 좋으련만 나는 천박함의 끝을 확인하려 들었다. 멋
있는 집을 보고 나면 그 동네 복덕방의 유리창에 붙여놓은 매물의 가격과
사진을 견줘가며 심층 비교에 들어갔고, 가게 앞에 비치해놓은 매물 정보
책자를 들고 나오곤 했다. 내일 모레 당장 프랑스로 이민 갈 사람처럼.

단순히 집값을 확인하기 위해서 그런 건 아니었다. 잠들기 전에 그 책
자를 넘기며 내 마음에 드는 집들을 꼼꼼히 점검했다. 집 한 바퀴를 돌면

프로방스 지역 복덕방 쇼윈도에 걸린 부동산 매물 광고. 사진과 가격과 거래 조건이 깔끔하게 정리돼 있다. 부동산 값은 높은 편이다. 고속열차 덕분에 파리에서도 서너 시간이면 닿을 수 있는 데다 세계 각국의 관광객과 명사들이 찾아오기 때문이다.

겨우 하루치 운동량이 되는 정원, 국제 규격에 조금 모자라는 풀장, 기껏해야 족구밖에 할 수 없는 1층 거실, 잠자면서 입으로만 숨 쉬는 아내의 거친 호흡소리가 들리지 않을 만큼만 넓은 침실…… 이런 집의 가격을 한국 돈으로 환산하기 위해 전자계산기를 열심히 두드렸다. 혹시 집값에 '0'을 하나 덜 붙여 매물로 내놓은 게 있으면 두꺼비 파리 잡아먹듯 잽싸게 낚아챌 기회가 올지도 모를 일이었다.

이렇게 다분히 '생산적인' 상상을 하다보니 도심 속의 아파트나 스튜

디오 같은 것엔 통 관심이 가지 않았다. 건물들이 오래돼 시설이 신통찮은 곳이 많기 때문이다. 게다가 그런 곳은 소음도 컸다. 윗집 남정네의 코고는 소리까지 잘 들리게 특수공법으로 지은 우리 아파트에 적응하지 못하는 내게는 어울리지 않는 것이다. 더군다나 프로방스처럼 자연경관이 수려한 곳에 와서 도심 건물에 갇혀 사는 것은 신을 모독하는 짓이라고 생각했다.

대도시 마르세유의 노트르담 성당 언덕길 아파트에서 그런 마음은 더 굳어졌다. 내 친구 올리비에의 엑상프로방스대학 동창인 스테판과 그의 여자친구가 사는 집은 엘리베이터가 없어 가파른 계단을 오르내려야 하고 동굴 속처럼 실내가 컴컴해 지하감옥 같았다.

이들은 부자 부모 덕분에 30대 후반에 대도시에서 자기 집을 갖게 된 행운아들이다. 프랑스에서도 우리와 마찬가지로 평범한 회사원이 월급을 모아 웬만한 소형아파트 하나를 마련하려면 어림잡아 10년이 걸린단다. 대도시에서는 훨씬 더 긴 시간이 필요하다. 올리비에는 자기 또래가 단독 주택을 하나 가지려면 마약을 팔거나 청부 살인이라도 해야 한다며 킬킬댔다.

부동산 거래를 하는 스테판과 변호사인 그의 여친은 비교적 고액 연봉을 받는 맞벌이 커플이어서 지갑 사정이 괜찮은 편이다. 그런데도 인테리어 인건비를 줄이려고 6개월째 틈만 나면 둘이서 닦고 칠하고 도배한다고 했다. 그래서 며칠 전 이사 온 것처럼 집 안이 어수선했다. 사람 불러놓고 이게 뭐하는 시추에이션인가 싶었지만 올리비에는 내가 늘 요구한, 티피컬한^{전형적인} 프랑스 사람들의 모습을 보여주고 있다는 데 자부심

프로방스에는 그야말로 그림 같은 집이 많다. 하나같이 예쁘고 고풍스럽고 깔끔하다. 집 구조는 남프랑스의 따뜻한 햇빛과 청량한 바람을 흡수하기에 알맞다.

을 가졌다.

스테판 커플은 다 채워지지 않아 다소 썰렁해 보이는 주방으로 나를 부르더니 얼마 전 들여놓은 양문형 냉장고를 가리켰다. 와인색 비슷한 냉장고에는 'SAMSUNG' 로고가 앙증맞게 붙어 있었다. 내 물건이라도 팔아준 것처럼 귀엽게 엄지손가락을 세워가며 유세를 부렸다. 그들은 지갑이 두둑해지는 월급날이나 상여금을 받는 날이면 이렇게 가구며 주방 기기를 하나씩 들여놓는단다. 그렇게 그 공간에선 두 사람만의 역사가 쌓여가고 있었다.

나는 알프드오트프로방스 주의 도시 디뉴레뱅과 파리 근교의 아파트에서 며칠씩 머물면서 서민들이 어떻게 해놓고 사는지 볼 기회가 있었다. 두 집 모두 1층은 가족이 함께 쓰는 공간으로, 2층은 개별 공간으로 활용하는 서양 주택의 일반적 구조였다. 아래층은 소파가 놓여 있는 거실과 식탁이 있는 주방을, 위층은 방 2개와 욕실을 갖추고 있는데 바닥 면적이 20평대였다. 우리네 아파트와 다를 게 별로 없었다.

이런 집들을 다니다보니 내가 머무는 저택 '르퓌쥬' 가 얼마나 럭셔리한 곳인지, 그런 집이 100미터 간격으로 섬처럼 떨어져 있는 동네가 얼마나 부티 나는 곳인지 새삼 알게 됐다.

내가 만난 프랑스 서민들은 '르퓌쥬' 같은 곳에는 들어가 살라고 해도 부담스러운 게 사실이라고 했다. 어느 정신 나간 부자가(한번 그랬으면 좋겠는데) 벤츠 S시리즈를 그냥 줘도 기름값 무서워 거부할 내 처지와 비슷한 셈이다. 그만큼 집과 정원을 관리하는 데 돈과 시간이 많이 깨진다.

실제로 저택이 몰려 있는 동네를 돌아다니다 보면 쓱싹쓱싹 뚝딱뚝딱,

소리가 곳곳에서 들렸다. 먼지를 뒤집어쓴 집주인이 직접 집 안 구석구석을 손질하는 소리다. 그것도 손재주가 있는 사람에게나 가능한 일이다. 만약 나처럼 좌변기 스위치 하나 고치려다 욕실을 실내 수영장처럼 만들어놓는 인간이라면 인부를 불러야 할 텐데 인건비가 하도 비싸서 아닌 게 아니라 범죄조직에라도 가입해야 감당할 수 있을 지경이다.

상상 속에서, 아파트 판 돈을 이미 여러 군데에 쓰기로 예약해놓은 상황이지만 그런 건 까맣게 잊고 내 아파트와 바꿀 만한 집을 집요하게 찾아봤다. 그게 꼭 고등학교 다닐 때 목욕할 돈으로 고스톱치던 상황과 비슷했다. 돈을 조금씩 잃을 때마다 내가 닦아야 할 팔 다리 사타구니 몸통 얼굴 부위가 차례차례 잘려나가는 것 같은 상실감에 시달렸다. 그런데 돈을 다 잃어서 목욕탕에 들어갈 수조차 없는 상황에서도 그 돈으로 사먹을 수 있는 아이스크림을 생각했다.

프로방스의 주택 실태를 분석하는 논문이라도 써야 할 것처럼 고민하던 어느날 내 안의 내가 나에게 시비를 걸어왔다.

"프로방스에서 정말 살고 싶은 거야?"

"그걸 말이라고 하냐?"

"여기서 살라면 살 수 있을 거 같아?"

"그럼."

"외롭지 않을까?"

"뭐가 외로워? 서울서도 마찬가지였는데."

"그럼 그렇게 바쁘게 산 건 뭐야?"

"쓸데없는 짓이었지."

"그나저나 너 같이 먹는 거 좋아하는 사람이 어쩌려고 그래?"

"해먹으면 되지, 직접."

"네가 환장하는 홍어 같은 건 어떻게 만드냐? 그거 삭히다간 신고당할 걸."

"……."

"물냉면 국물은?"

"……."

"여기서 살게 되면 뭐하려고?"

"글 쓰고 그러지 뭐."

"글은 잘 쓰니?"

"……."

"글만 써서 먹고 살 수 있을 거 같아?"

"……."

"맨날 글만 쓸 수도 없잖아?"

"사람도 사귀고 여행도 하면 되지, 뭐."

"누가 너하고 놀아주려고 기다리고 있대?"

"……."

"그럴 돈은 있어?"

"아파트 팔지 뭐."

"그거 팔면 얼마나 살 수 있는데?"

"……."

"네 새끼들은?"

"아~, 좀 그만해라."

"몇 살까지 그럴 수 있을 거 같아?"

"그만 좀 하라니까. 정마알."

"그러니까. 잘 생각해보란 말이야."

"……."

늘 이런 식이었다. 내 안의 나와는 대화가 통하지 않았다.

"역시 아파트가 최고야. 밥을 굶든지, 사기를 치든지 해서라도 한 열
채 정도 사두는 건데."

'아파트 한 채로 남은 사내'의 독백은 프로방스에서도 끝없이 이어졌다.

앙코르 프로방스

오랫동안 노는 것도 힘들다. 100일 동안의 프로방스 생활을 마치고 돌아온 나는 열흘 넘게 앓아누웠다. 놀러갔다 온 주제에 염치없는 일이었지만 피로가 누적된 상황에서 긴장이 일순간 빠져나가자 머리와 다리가 휘청거렸다. 환상에서 깨어날 때 거쳐야 하는 통과의례였을까.

정신을 차리고보니 책상에는 각종 청구서와 지로용지와 안내장이 수북이 쌓여 있었다. 여기저기서 안부전화가 걸려오고 프로방스 무용담을 들려줘야 할 몇 차례의 술자리가 바람처럼 지나갔다.

그립고 아쉬움에 가슴 조이던 머언 먼 프로방스의 뒤안길에서 돌아와 현실 앞에 선 내게는 마무리할 일이 하나 남아 있었다. 떠나기 전 작성했던 계획표를 꺼내놓고 결산할 시기가 온 것이다. 나는 시쳇말로 프로방스에서 "정말 뽕을 뽑았다"고 생각했다. 그러나 뜻밖에도 완수하지 못한 미션이 섭섭하다는 듯 하나둘 손을 들고 일어섰다.

그중 하나가 '양떼 모는 목동 따라가보기'였다. 알퐁스 도데와 마르셀 파뇰의 소설과 영화를 본 기억을 되살려 적어놓은 미션이었다. 하지만 그것은 공무원들이나 금과옥조로 여기는 '탁상공론'의 결과물이었다. 양떼 모는 목동을 따라간다는 발상은 사실 시대착오적인 것이다. 작가가 묘사한 프로방스의 모습과 현재의 프로방스는 너무도 달랐다. 당연한 일이었다. 프로방스가 나를 위해 옛날 모습 그대로 존재해줄 거라고 믿었던 것일까? 부끄럽게도 그런 생각으로 프로방스로 날아갔다. 그만큼 비현실적이었고 무모했다. 어쩌면 그것이 나를 프로방스에 데려간 힘일지도 모르지만.

'카지노에서 50만 원 잃어보기'란 과제도 해내지 못했다. 잃을 생각부터 한다는 것 자체가 패배적인 기획이었다. 요즘 같이 외화가 부족한 상황에서 보면 매국노적인 발상이 아니었나 싶다. 영화로도 유명한 소설 《철도원》의 작가 아사다 지로가 출판사(인지 잡지사인지) 후원으로 외국의 카지노 여러 곳에서 직접 도박을 해보고 그 경험을 소개한 에세이집 《카지노》를 읽고 따라해보려던 기획이다.

이 기획 또한 현실성이라고는 눈곱만큼도 없는 탁상공론의 산물이었다. 왜냐하면 아사다 지로처럼 화끈하게 야쿠자 생활을 해보지도 못했고 도박판에서 말하는 'all or nothing'의 경지도 모르는 못난이가 바로 나였으니까. 이런 인간적 결함 때문에 그 미션을 수행하지 못한 것은 아니다. 결정적인 이유는 돈이 없어서다. 물론 몬테카를로를 비롯해 몇 군데 카지노에서 전혀 돈을 잃지 않았다고 말하려는 건 아니다.

'중세 성에서 하루 자보기'란 과제도 실패했다. 여기까지 적고보니까 독자보다 내가 먼저 "도대체 그럼 거기 가서 뭐하고 온 거니?" 묻고 싶어진다. 하지만 프로방스에서 나 같은 여행자를 재워주는 중세 성에 관한 정보를 찾지 못했다. 설사 프로방스에 그런 성이 있다 하더라도 다른 지방의 성이 그렇듯 동절기에는 가동하지 않을 가능성이 높다. 그 큰 실내 공간을 데우려면 숙박비를 웬만큼 받아서는 수지타산이 나오지 않을 터이다. 중세 성을 가진 귀족 여성이라도 사귀어났으면 간단히 해결될 문제겠지만 나는 그럴 만큼 글로벌한 위인이 못된다. 혹시 독자 중에 그런 친구가 있으면 소개해주시기 바란다. 나중에 프랑스에 갈 일이 있을지 모르지만 그때 한 번 신세를 질 수도 있을 테니 말이다. 대신 한 가지는 약속하겠다. 그녀의 털끝 하나도 건드리지 않겠다고.

그나저나 이걸 말해야 할지 말아야 할지 모르겠다. '여자친구 사귀기'란 미션 말이다. 여성을 사귀는 데 아무런 하자가 없는 신체를 아직까지는 유지하고 있고 더군다나 일생일대에 다시 오기 어려운 노마크 찬스였으니까. 누구라도 그런 마음 먹을 수 있는 일이라고 생각들 하시는지 여쭙고 싶다.

"그래서 어떻게 했다는 거야? 사귀어봤다는 거야, 뭐야?"라고 묻지는 마시기 바란다. 누구든 숨기고 싶은 비밀은 있는 법이다. 이걸 밝혔을 때 내가 얻을 것과 잃을 것을 아직 파악하지 못했으니 당분간 보류하려고 한다.

프로방스에서 놓치고온 것만 생각하다보니 좀 우울해지는 것 같은데 얻어온 것도 잘 찾아보면 제법 있다. 누가 뭐래도 첫 손에 꼽을 수 있는 것은 프로방스에 대한 갈망을 해소했다는 점이다. 여기서 프로방스가 좋았는지 그렇지 않았는지는 중요하지 않다.

어떻게 보면 내 마음속의 갈망은 인생의 숙제 같은 것이었다. 어릴 때 내 꿈은 세계 일주였는데 그게 숙제처럼 내 머리를 떠나지 않았다(대통령 되는 걸 꿈으로 삼지 않았으니 얼마나 다행인지 모르겠다). 이제 그 숙제의 한 토막을 해낸 느낌이다. 그 한 토막이 다음 토막으로 계속 이어질 수 있을지는 모르지만 시작은 한 셈이다. 그것으로 족하다.

또 다른 성과는 뇌 어딘가에 프로방스의 이미지가 문신처럼 새겨졌을 거라는 믿음이다. 그 풍경은 시간이 가면서 퇴색되고 형체마저 흐릿해지겠지만 오래 기억될 것으로 믿는다. 그걸 위해서 필요하다면 내 방식으로 찍어온 사진을 가끔씩 들여다 볼 작정이다. 비록 그 장면들이 엽서그림처럼 아름답지는 않겠지만 셔터를 누르던 순간의 느낌은 되살려줄 것이다.

그 느낌이 환희에 찬 것들뿐이라고 생각하시지 않았으면 좋겠다. 나는 프로방스에서 지내며 순간순간 외로웠고, 순간순간 배고팠고, 순간순간 암담했고, 순간순간 분노했고, 순간순간 서글펐다. 그것을 다 무릅쓰겠다며 달려간 곳이 프로방스였다. 하여 앞으로 펼쳐질 내 현실 속에서 그런 순간들이 다가온다면 프로방스로 저벅저벅 들어가 에너지를 충전해 올 것이다. 이런 걸 '추억의 힘'이라고 해도 될 듯싶다.

한 가지 더 얻은 게 있다면 좀 슬렁슬렁 사는 것도 좋겠다는 깨달음이다. 나 자신한테도, 내 가족한테도, 내 주변 사람한테도. 이렇게 말하고 보니까 무슨 지옥에라도 갔다온 사람을 흉내내는 것 같은데 그걸 다 믿으실 건 없다. 그저 그렇다는 얘기다. "쟤가 그동안 얼마나 쫓기며 살았으면 저런 말을 할까. 하지만 제 버릇 개 주겠어?"라고 생각하시면 된다. 나도 그럴 가능성이 높다고 생각한다. 아시다시피 사람은 잘 안 바뀐다. 대한민국 같은 나라에서 40년 넘게 담금질당하면 자기 자신이 그러고 싶어도 잘 녹아내릴 수 없다.

마지막으로 내가 가장 자주 들은, 그러나 대답해주지 못한 질문에 답해야 할 것 같다. 주변 사람들은 다들 내게 "얼마나 들었냐?"고 물었다. 그걸 알아서 자기들도 어디론가 떠나보려고 그러는 것 같지는 않았다. 그저 저 놈이 이번 여행에 얼마나 깨먹었을까 궁금했던 것 같다. 그래서 하는 말인데 "나도 잘 모른다."는 게 솔직한 대답이다. 낭비는 하지 않으면서 사정 되는 대로 썼다. 뭐가 낭비고 뭐가 소비인지는 각자 기준이 다르니 하나마나한 소리일 수도 있겠다. 속 시원하게 지출 명세서를 내놓으면 좋겠지만 그걸 일삼아 모으지는 않았다. 그래서 결산도 안 된다. 그게 있다고 해도 누군가 거기에 맞춰 여행할 수는 없다고 생각한다. 각자의 인생이 다르듯 여행하는 법도 다른 것이다.

원고를 다 넘기고 나니까 편집자가 이렇게 물었다.

"프로방스 다시 가고 싶지 않으세요?"

내가 대답했다.

"전혀."

"정말이요?"

"그럼."

"……."

그렇게 대답했는데도 계속 미심쩍어 하기에 쐐기를 박았다.

"적어도 일년 이내에는."

자, 이제 프로방스 얘기는 그만해야겠다. 앞으로 어떻게 살 것인가를 고민해야 할 때다. 프랑스식으로 작별인사를 대신한다.

"오부아."

아름다운 시절

첫판 1쇄 펴낸날 2009년 7월 20일

지은이 | 김태수
펴낸이 | 지평님
기획·마케팅 | 김재균
기획·편집 | 김정희
본문 조판 | 성인기획 (02)360-4567
필름 출력 | 하람커뮤니케이션 (02)322-5459
종이 공급 | 화인페이퍼 (031)955-0135
인쇄·제본 | 한영문화사 (031)903-1101

펴낸곳 | 황소자리 출판사
출판등록 | 2003년 7월 4일 제2003-123호
주소 | 서울시 종로구 누상동 10 웰빙하우스 101호 (110-041)
대표전화 | (02)720-7542 팩시밀리 (02)723-5467
E-mail: candide1968@hanmail.net

ⓒ 김태수, 2009

ISBN 978-89-91508-58-3 03800